ECOS DO AMANHÃ

SÉRGIO SÁ

ECOS DO AMANHÃ

Sá editora

Capa:
Neto Villar

Preparação de texto:
Débora Chaves

Revisão:
Isabel Cury

Projeto Gráfico (miolo):
Eveline Teixeira

Impressão:
Bartira Gráfica e Editora S/A

ISBN – 85-88193-26-4

SÁ EDITORA
Calçada dos Mirtilos, 22/3º andar – Barueri/SP
Tel./Fax: (11) 5051-9085 / 5052-9112
atendimento@saeditora.com.br
www.saeditora.com.br

Dedico este livro a qualquer espírito inquieto, persistente em combater a mediocridade, despir-se da ganância, enfrentar o medo.

Dedico este livro a cada mente inquiridora subversora do comum, humilde o bastante para reconhecer que se não mudamos sozinhos, tampouco mudamos uns aos outros, mas mudaremos uns com os outros.

1

Talvez tenham sido os aborígines de alguma longínqua aldeia os primeiros a perceber o som, descendentes de pigmeus ou de certa equipe de cientistas atuando na Antártida. O fato é que, em uns dez dias, todo o planeta já havia de alguma maneira se dado conta daquele contínuo e metálico ruído.

Era como dezenas de milhares de bolinhas de gude rolando ao mesmo tempo em chapas onduladas de zinco de diversos tamanhos formando uma vibração instável e ininterrupta. O som ficava mais forte ou enfraquecia aleatoriamente, mas, desde que percebido, não parava mais.

Confundia-se com o som das máquinas, misturava-se ao mar e às chuvas, rios, cachoeiras. Não importava qual fosse a fonte sonora, lá estava ele, perceptível aos tímpanos, somado aos outros ruídos.

Por algum tempo ninguém lhe deu muita importância; sim, era estranho ouvi-lo mesmo em cabines à prova de som ou lugares totalmente isolados. Quem sabe por não termos mais tanto controle sobre o que escutamos ou por estarmos acostumados a incorporar novos ruídos ao nosso dia-a-dia, somente depois de não haver meios de abafá-lo ou diminuí-lo é que se começou a falar mais do assunto. Aos poucos, todos nós ficamos sabendo que cada um de nós, estivesse onde estivesse, podia ouvir aquele som.

A coisa foi ficando mais e mais intrigante à medida que fomos descobrindo outras peculiaridades: o tal ruído tinha o mesmo comportamento para toda a Terra, ou seja, sua instabilidade soava igual no mundo todo. Os meios conhecidos de comunicação não registravam nenhuma interferência nem era possível rastrear a fonte do barulho. Ele parecia habitar tudo que fosse material, não se podia evitá-lo nem sequer tapando os ouvidos, não importando com o quê. É que nosso corpo, qualquer coisa viva ou inanimada vibrava inteiramente sintonizada com aquele som.

Autoridades científicas de todo o planeta reuniramse cerca de um mês depois para avaliar a situação e tentar encontrar explicação para o fenômeno em busca de algum modo de eliminá-lo. O que se descobriu não foi nada animador: cada molécula, cada célula existente no planeta, funcionava como um defletor sonoro, vibrando em sincronia com o tal som.

Nem na mais bem abastecida biblioteca haveria palavras suficientes para descrever o caos originado pelo fenômeno. Para que se tenha uma vaga idéia, o stress coletivo ocupou todo o espaço possível; as guerras regionais, os conflitos étnicos, as divergências políticas, todo o infantil alarido humano que só alguns bilhões de egos exacerbados são capazes de produzir deu lugar gradativamente ao desesperado grito de socorro!...

Ao fim da quinta semana, milhares de pessoas se acotovelavam às portas dos consultórios de otorrinolaringologistas, implorando que lhe fossem arrancados os tímpanos. Psiquiatras e psicólogos viam suas salas lotadas de pacientes desolados, tomados por incontrolável angústia, queixando-se de insônia, crises de raiva, depressão, um terror crescente e total incapacidade de concentração.

A entrada do verão e do inverno nos dois hemisférios marcou o início do terceiro mês de agonia. Já não se sabia mais se o ruído era o mesmo, se havia se intensificado ou mudado de timbre, alguns até juravam que ele nem existia mais.

Facções religiosas radicais, em seu óbvio caminho de imaginar Deus como carrasco universal, afirmavam tratar-se de inexorável punição; teorias das mais elaboradas às mais estapafúrdias se esbarravam em constatações e negativas bombásticas.

Então chegamos à outra descoberta incrível: parecia que o estranho som, aquele barulho tão terrivelmente perturbador, não afetava tanto assim os animais ou o reino vegetal assim. Ouvidos sensíveis como os dos cães, por exemplo, não demonstravam tanta atenção ao ruído, a não ser quando eram chamados por seus donos e tinham certa dificuldade em escutá-los.

O crescimento das plantas também não mostrava sinais de qualquer interferência. Na verdade, das algas marinhas aos enormes troncos silvestres, dos menores arbustos às trepadeiras, não se constatava nenhuma anormalidade.

Tudo isso agora nos fazia crer que a fonte do som buscava algum jeito para se comunicar com mentes racionais, seres que pudessem compreender o significado de alguma mensagem ainda que enviada em linguagem desconhecida.

O problema era quando se tentava registrar em gravação o estranho ruído: ao ser reproduzido, ele se misturava de tal forma com a emissão original que não se conseguia avaliá-lo, embora houvesse uma diferença de tempo entre as oscilações gravadas e as originais.

Mais tarde, pôde-se perceber, comparando-se gravações feitas no início com o presente estado do ruído, que houve uma sensível alteração no timbre – ele, agora, se tornava mais denso e subia lentamente de freqüência, passando do grave ao agudo numa variação mínima, cerca de 10 hertz por semana. Ao mesmo tempo, o corpo sonoro ganhava novos harmônicos, oscilações variadas às quais iam aos poucos se separando, abrindo o leque, por assim dizer.

Num esforço concentrado, os governos das principais nações da terra reuniram suas mentes mais brilhantes formando um grupo de oito integrantes e enviando-os a um laboratório escolhido de comum acordo.

Sua missão era óbvia: localizar, definir e destruir a fonte dessa aterradora música, calar de uma vez a boca de tão demoníaca voz.

2

O HELICÓPTERO APROXIMAVA-SE DO TERRENO cercado por generosos jardins e Genoveva Pavlinski, recostada em sua poltrona, bebia a paisagem com olhos atentos a todos os detalhes; o convite era mesmo irrecusável, apesar ou por causa da fama duvidosa de seu anfitrião, o eminente professor Werhel Joensberg.

Se fôssemos traçar um perfil desta mulher recém-chegada aos 40 anos, alta, esguia, cabelos curtos colados ao crânio, rosto fino e nariz pronunciado, teríamos de ressaltar que a curiosidade é seu traço mais insinuante. Sua família, tradicional casta dominante em afastado vilarejo eslavo, passou constrangimentos e graves apuros por conta da ousadia daquela menininha mal saída dos cueiros, interessada em tudo que lhe aparecia na frente. As perguntas precoces sobre religião, sexo ou política, feitas em público na mais pura ingenuidade, afrontaram os preconceitos daquela tacanha sociedade rural.

Tão agitada quanto sua insaciável curiosidade, sua vida transcorreu aos saltos desrespeitando completamente a idade cronológica e trazendo-lhe, em velocidade estonteante, conhecimentos e experiências impossíveis de ser assimiladas por uma pessoa comum.

É nas religiões comparadas que Genoveva Pavlinski encontra as mais provocantes questões. No estudo dos grandes mitos humanos, as milenares crenças e rituais, seu espírito sedento da verdade percorre uma jornada que, ela bem sabe, é interminável.

Peregrinações a Santiago de Compostela até vagar pelos desertos africanos, vivências em templos zen e disciplinas radicais de meditação, além de leituras aprofundadas da Bíblia, do Bagavaguita e do Alcorão – em cada um desses complexos e, às vezes, contraditórios caminhos, Genoveva como que se iniciava. Ela procurava encarar um por um como se fosse o primeiro e único. Por todas essas razões, consideravam-na uma das maiores especialistas no assunto.

Recuando e mergulhando em leve bruma, o sol reavivava o alaranjado típico de um crepúsculo temporão. A pequena nave desacelera suavemente e toca o terreno. Genoveva desembarca e cumprimenta a moça ruiva de olhar gélido e sorriso armado.

— Boa tarde! O pôr-do-sol acontece sempre mais cedo por aqui?

Sua pergunta só conseguiu um breve aceno positivo de cabeça da jovem-robô. Genoveva segue, então, a anfitriã até uma ampla sala decorada luxuosamente; caros objetos de arte em jogos um tanto exagerados de cores insinuam-se aos olhos e um grosso tapete persa afaga-lhes os passos. A moça convida Genoveva a acomodar-se entre espessas almofadas aveludadas e deixa a sala.

Passam-se alguns minutos até que a figura simpática do professor Werhel aparece com um grande envelope azul na mão. Os dois cumprimentam-se formalmente e Genoveva é conduzida ao escritório dele, sentando-se frente à larga mesa de mármore que os separa. Ele, porém, permanece de pé:

— Devo dizer que é uma honra para mim recebê-la, doutora. Por favor, não tome isso por bajulação ou exagero; não é de hoje que acompanho sua carreira, prova disso está no release que também consta deste envelope. Gostaria que a senhora o lesse atentamente e o corrigisse se necessário. Quero demonstrar-lhe meu real interesse e conhecimento de seu trabalho. O segundo documento diz respeito a este nosso encontro. É um instrumento particular em que a senhora permite a gravação em DVD de nossa conversa, comprometendo-se a não revelar a ninguém, sob nenhuma circunstância, seu conteúdo. De minha parte, comprometo-me a aceitar incondicionalmente qualquer decisão sua sobre o que vou propor. Estarei à espera lá fora; leve o tempo que quiser. Basta retirar esse fone do gancho que voltarei.

As informações contidas no release eram de fato consistentes, até por demais detalhadas. Descreviam meticulosamente a trajetória daquela renomada especialista em religiões. Seguia-se um simples mas bem elaborado termo particular de compromisso, no qual cedente e cessionário acordavam em manter tudo que fosse exposto no próximo diálogo em total segredo.

Werhel e Genoveva disporiam, cada um, de uma cópia da gravação da conversa para posterior consulta, caso desconfiassem de que algo pudesse ter vazado.

Satisfeita com os termos e sem ocultar a grande curiosidade, Genoveva ergueu o fone do gancho fazendo com que o professor reentrasse sorridente no escritório.

— Bem, doutora, se não há mesmo nenhuma dúvida, podemos ir direto ao ponto: gostaria de contratá-la para realizar um estudo. Garanto-lhe todos os recursos de que precisar: viagens, equipe à sua escolha, ambiente preparado ao seu critério, tudo. Durante dois anos, a contar de hoje, gostaria que a senhora dedicasse seu tempo exclusivamente a esse estudo. Ao fim do prazo, os resultados me serão entregues pela senhora pessoalmente em relatório absolutamente confidencial. Creio que deva ter lido atentamente as cláusulas sobre eventuais quebras de sigilo e as imposições a que a senhora está exposta desde já.

— Professor, se tais cláusulas não bastarem, minha palavra basta. Imagino o valor que isso deve ter para o senhor e afirmo-lhe que não tenho a menor intenção de romper qualquer acordo que fizermos.

— Pois muito bem. Resta-me agora revelar a natureza do estudo que vou encomendar: quero que a senhora crie um Deus; um Deus dos cristãos e budistas, de ortodoxos ou naturalistas, que congregue crenças e rituais dos mais populares aos mais sofisticados. Um Deus cujo sistema religioso aplaque a sede dos corações sem ideal, que catalise a fé dos exaltados e conviva com diversos contextos políticos sem maiores divergências.

À medida que o professor derramava na sala sua descrição, as palavras iam adquirindo um ardor e força inusitados, fazendo com que Genoveva se encolhesse instintivamente na poltrona. O olhar dele cozinhava o ar em volta dela, a voz ecoava como num templo.

— Sei que esse Deus existe, doutora, é a soma de todos os anseios humanos, acolhe nossas falhas e conjuga nossos temores mais profundos. O Deus de todos os deuses, essência do inconsciente coletivo, suprema fonte de criação.

— Mas, doutor, isso já foi tentado e tentado por facções e seres ditos iluminados. A teosofia, por exemplo, na concepção da saudosa Blavatski...

— Sei que não serei o único nem imagino estar propondo algo inédito. Quem sabe seja até mais fácil do que penso chegar a uma divindade realmente condizente com as aspirações da grande maioria. O fato é que o mundo mudou e mudou muito. O universo de informações e os contrastes entre civilizações podem hoje ser vivenciados em nossos escritórios ou quartos. Tudo que sabemos pode se espalhar até que percamos o controle, posso ligar câmeras que mostrarão ao vivo o que acontece na selva amazônica exibindo os flagrantes para egípcios ou russos. Sim, devem existir inúmeras publicações ou até mesmo seitas profundamente bem embasadas na existência de um criador infinitamente abrangente, mas quantas pessoas teriam conhecimento dessas obras ou grupos? Estaríamos sendo estimulados a compreender a vida como criação de um Deus realmente capaz de responder a todas as nossas perguntas?

— E qual seria o objetivo disso? O senhor pretende publicar ou divulgar os resultados desse estudo? O que espera conseguir?

— Vou lhe responder com outra pergunta: a senhora crê que Hitler e Gandhi queriam a mesma coisa?

— Não sou especialista em história, mas todo mundo sabe que o primeiro almejava uma sociedade dominada pela suposta raça ariana enquanto o segundo se dedicou à união e libertação de seu povo.

— Já pensou se pudéssemos reunir esses dois líderes num debate franco? Estou certo de que encontraríamos mais pontos em comum do que imaginamos. Cada um deles conseguiu atrair as atenções de suas nações, unificando crenças e atitudes, transformando seus povos em unidades fortes e coesas. Tudo isso numa velocidade fora dos padrões da época. As palavras de Gandhi chegavam às mais distantes aldeias da Índia e os discursos de Hitler logo invadiam lares e instituições de toda a Alemanha. Se encontrarmos um Deus que reúna as características que citei antes, se o espalhamos por todo o planeta demonstrando incontestavelmente sua existência, a paz, a solidariedade, a harmonia, ideais tão almejados por todos, estarão certamente mais próximos de nós.

— Então o senhor pretende montar um Deus? Quer desafiar princípios milenares arriscando-se a contradizer revelações pronunciadas por seres considerados eleitos da luz?

— Doutora! Creio que não é hora nem lugar para ironias. Minhas obras declaram-me um visionário: quando escrevi *No Tempo dos Cavalos*, coloquei abertamente minha posição contrária a esse indiscriminado desenvolvimento das máquinas em face de nossa ignorância sobre nós mesmos. Não se trata simplesmente de montar um Deus, de escolher conceitos ou dar crédito a revelações. Trata-se de reinterpretar, em linguagem contemporânea, todo o legado religioso de que dispomos.

— É sem dúvida um objetivo dos mais pretensiosos.

— Ousado, sim, mas imagine bilhões de pessoas convictas de que o amor ao próximo é a única base de um planeta saudável e em franca evolução. Bilhões de seres humanos cultivando a harmonia, não apenas por seguirem o exemplo de Cristo ou Buda, mas porque sentem a presença do criador dentro de si mesmos! Eis o que pretendo fazer, aproximar a humanidade de Deus trazendo-o para mais perto de nós.

— Mesmo que isso signifique quebrar princípios, arrancar a fé, raízes muitas vezes tão profundas que se confundem com a própria alma de cada um?

— E onde vive essa fé hoje? No islamismo, nos radicais que matam em nome da vida? O que vejo é uma humanidade de crenças amorfas, que repete e repete ditames desgastados com a desculpa de que são palavras imortais. Pare qualquer um na porta da igreja e olhe em seus olhos; o que verá é uma criatura fragilizada pela total falta de fé, lutando por acreditar no que ouve pela simples repetição. Vá a um centro espírita, perceba quantos estão lá certos de que não sabem distinguir uma mensagem mediúnica de mera criação mental. Precisamos de um Deus palpável, que fale conosco em nossa linguagem, que nos diga como e quem é. Um Deus que assuma a paternidade, que assine a criação. Um Deus que pare de se esconder em ordens abstratas demais para ser cumpridas, paciente, flexível e progressista.

— Boa parte do que o senhor diz está no taoísmo. Um Deus que não está no poder, ele é o que cria, governa seu povo do meio do povo.

— Sei, mas seria preciso ocidentalizá-lo, imprimir esse conceito na cabeça de evangélicos ou umbandistas. E o que dizer da reencarnação, o principal divisor entre as lides cristãs e espiritualistas?

— Pois é, quando me refiro a quebrar princípios, estou falando de coisas assim.

— Teremos de trabalhar partindo do que a maioria aceita ou acredita. Aglutinando a maioria, chegaremos mais facilmente à minoria.

— Então é isso? O senhor quer mesmo instituir uma nova religião?

— Muito mais do que isso, uma nova maneira de viver, de conviver. Estou disposto a empenhar cada segundo de minha vida, cada centavo de minha fortuna, em trazer mais esclarecimento, mais respeito e serenidade aos meus irmãos. Está comigo?

Por mais três horas eles debateram exaustivamente a proposta de Werhel. Genoveva já estava quase sem fôlego e seu anfitrião, munido de energia inesgotável, parecia não perceber. Ela então resolveu manifestar seu cansaço e a reunião foi interrompida com a certeza de ser reiniciada na manhã seguinte.

Genoveva foi conduzida ao luxuoso hotel onde passaria a noite, certa de que não seria nada fácil conciliar o sono.

3

INVENTIVO, PRÁTICO, RACIOCÍNIO INTUITIVAMENTE matemático, campeão antecipado de muitos torneios de xadrez, o catedrático Jamiro Cabrera era presença obrigatória entre os oito congregados a estudar a natureza e perspectivas do Gnogglog, como era chamado o ruído que assolava a Terra.

Ele fez a mala com o essencial para sua viagem ao distante laboratório, prevendo uma longa estada em clima adverso e tratando de reunir todas as facilidades possíveis. Claro, não podia esquecer o velho amigo xadrez, jogo desvendado por ele já na tenra infância. Como Napoleão, Jamiro se inspirava ao jogar e gostava de usar um conjunto de peças de marfim herdado do avô.

Seu espírito de cientista nato o impulsionara a especular o Gnogglog desde que ele se tornara uma pergunta sem resposta. Na Universidade Cambridge, onde lecionava matemática, Jamiro encontrou apoio e ferramentas para incrementar suas pesquisas. Na verdade, fora ele quem descobrira a gradativa elevação do ruído do grave para o agudo em 10 hertz por semana.

Quando foi convocado, Jamiro Cabrera estava para tentar demonstrar uma teoria que batizou de Disfunção Atômica: algum fenômeno externo, de natureza ainda desconhecida, havia desorganizado o movimento dos átomos em toda a matéria existente, abalo não capaz de destruí-la, mas de gerar uma reação vibratória em cadeia, o que teria causado o ruído.

Coincidentemente, seus esforços o levaram a procurar o físico Matheus Gebara, que também fazia parte do grupo. Eles chegaram a trocar idéias dias antes de sua convocação. O problema era demonstrar seu postulado, uma vez que até a matéria da qual eram feitos os aparelhos usados na demonstração também vibrava com o Gnogglog. Como captar ou medir algo que está em toda a parte, como isolá-lo?

Então, o chamaram. Ele seria o responsável pelas pesquisas que envolvessem matemática.

FOI A FIGURA RESOLUTA DE GENOVEVA quem captou inicialmente sua atenção. Sentada na poltrona da janela do jatinho, nariz quase colado ao plástico transparente, olhos grudados na paisagem que se afastava, ela lhe parecia em profunda meditação. Demonstrava ter se adaptado bem ao Gnogglog, pois não esboçava o nervosismo comum nos gestos e olhares dos outros. Ele mesmo mal se continha.

Assim que o avião decolou, Jamiro apanhou o livreto no bolsão da poltrona à sua frente. Nele, estavam breves informações sobre ele e seus outros sete companheiros, e também um rápido perfil psicológico e dados biográficos de cada um. Havia também vasto material disponível sobre o Gnogglog, informes sobre as teorias consideradas mais próximas da verdade, entre as quais a dele. O kit fora preparado às pressas, mas soava bastante objetivo.

Foram mais de dez horas de vôo, uma atribulada jornada por terra, até atingirem as instalações do laboratório. Ao lado de sua companheira de viagem, Jamiro pôde desfrutar de uma calma pouco comum à sua natureza agitada; a presença dela fazia-o diminuir o ritmo cardíaco. Vê-la assim, tão alheia ao Gnogglog, desconcertava-o agradavelmente.

Eles não se falaram muito. Aliás, essa poderia ser descrita como a reação adotada por todos assim que o Gnogglog fez três meses. As pessoas tornaram-se bem mais silenciosas, sem ânimo de discutir ou dialogar. Dizia-se o necessário e resumidamente.

Os OITO CONVOCADOS SE ACOMODARAM e descansaram por algumas horas, antes de descer para a primeira reunião de estratégia. Foi quando aconteceu a primeira grande surpresa: notícias de todas as partes do planeta davam conta de que o Gnogglog havia crescido repentinamente de intensidade. Jamiro e os outros já tinham percebido, mas não sabiam se o fato de estarem ali, com a finalidade de estudar e esclarecer a origem do ruído, os teria tornado mais sensíveis a ele.

Será que o Gnogglog tinha consciência de que eles haviam sido mobilizados? Saberia ele que estariam querendo destruí-lo? Estaríamos diante de um inimigo potencialmente mais perigoso?

Jamiro fez os primeiros cálculos e concluiu: o Gnogglog crescera 5 decibéis e se avolumara ampliando seu leque de freqüências mais para o grave que para o agudo. Era agora uma pasta sonoro-metálica emitindo inúmeros arranhões em chapas de aço de diferentes espessuras. Às vezes, o macabro ruído lembrava vozes robóticas em conflito.

Era preciso falar bem alto para ser ouvido e, mesmo assim, muito do que era dito se perdia. Comunicar-se com fones era ainda pior, pois a matéria deles vibrava, como toda a matéria, em exata sincronia com o Gnogglog. Soube-se que os outros animais, que eram alheios ao diabólico ruído, começaram a reagir a ele com impaciência e medo. As plantas também manifestaram reações variadas, murchando ou florescendo em folhas e flores, num ritmo totalmente incomum.

No laboratório, foram disponibilizados todos os tipos de computador sofisticados, uma concentração do que havia de mais avançado em tecnologia. Jamiro olhava para tudo aquilo desdenhosamente; ele sabia que nenhuma daquelas máquinas lhes daria solução alguma.

Quando se deu conta de quem era Genoveva, de que ela teria vindo como especialista em mitos e rituais, na tentativa de compreender a provável mensagem do Gnogglog, ele conteve o riso. Afinal, fosse qual fosse a linguagem utilizada, o ruído nada mais seria do que uma série de impulsos matematicamente ordenados de algum jeito.

Encontrar o padrão e cruzar os dados era a única maneira de desvendar todo o significado daquela terrível música.

Mas, depois de considerá-la desnecessária, Jamiro passou a observá-la em sua desconcertante serenidade. Por que ela não reagia como os outros? Isso lhe dava a impressão de que ela sabia algo que ninguém mais sabia. Nem mesmo quando o Gnogglog cresceu, quando o nervosismo tomou conta da sala, ela se abalou. Franziu um pouco a testa, porém manteve sua voz firme, elevando apenas o volume daí em diante. Bem, se ela era especialista em deuses e seitas, tradições religiosas nas mais intrigantes culturas, o que saberia que lhe dava tanta capacidade de contemplação?

AO FIM DO PRIMEIRO DIA DE TRABALHO, eles resolveram se dividir em quatro duplas para facilitar a troca de informações, uma vez que se tornara difícil a comunicação por simples palavras. Jamiro e Genoveva ficaram juntos. Mais tarde, decidiram sair e aproveitar o vento que afastava o calor noturno.

— Há uma coisa que definitivamente me intriga em seu comportamento, doutora: sua quase impenetrável serenidade. De onde vem tanta calma?

— Dos Vedas, com eles aprendi a me abstrair tanto quanto possível do que me perturba.

— Então, creio que seria interessante para todos que você nos ensinasse essa técnica, não acha?

— Talvez, mas não posso garantir os resultados nestas circunstâncias. Aprender isso exigirá de vocês tempo e dedicação, exercícios de concentração que, creio eu, ninguém vai achar prudente fazer agora.

— Você acha que isso prejudicaria o andamento do trabalho? A mim, parece que ajudaria, e muito.

— Veja: tudo vibra no ritmo desta coisa, cada célula de nossos corpos, além de nossos tímpanos, é obrigada a aceitar e compartilhar o Gnogglog. Como quer que um grupo de cientistas como nós pare o que está fazendo e se dedique ao aprendizado de algo tão sutil?

Jamiro apenas abaixou a cabeça mergulhando-a no peito desalentado. Compreendeu, então, qual a importância da presença dela ali. Talvez ninguém soubesse exatamente qual seria, mas Genoveva poderia se tornar o fiel da balança em caso de crise ou de total perda do controle. Ela, pelo menos, era capaz de ficar de certa forma surda ao ruído; opa!, surda?, como é que ninguém tinha pensado nisso?

— Acho que poderíamos aprender rapidamente a língua dos sinais dos surdos. Melhor ainda, deveríamos ter entre nós algum cientista surdo-mudo. Nestes tempos ruidosos, essa deficiência é uma vantagem! Eles não ouvem este tenebroso concerto; somente seus corpos não escapam da vibração.

Genoveva permaneceu calada; Jamiro também se calou. Suas mentes, todavia, se debatiam buscando emergir daquele torturante ruído e formular indagações objetivas. Teríamos nós sido condenados a uma existência tão amarga? Seria esse o preço de nossas atrocidades contra a natureza? E os que nascessem depois do Gnogglog, se adaptariam melhor? Por quanto tempo mais aquele canto sinistro se faria ouvir?

4

Estavam todos reunidos na pequena sala, espremidos e imóveis, aguardando a chegada dela. Na mesa redonda, obra da arte culinária, uma floresta criada em frutas secas, coco e amêndoas, creme e chocolate dispostos em camadas de massa folhada, de onde brotavam velas simbolizando 19 anos, anunciavam alegria, festa...

Já passava da hora de costume e nada. Onde estaria a aniversariante? Onze corações irmanados batiam rápida e ansiosamente. O tempo se esticava fazendo cada minuto durar um mês... nada.

Pais, amigos e namorado, ninguém tinha a menor idéia de onde estaria Rosalba. Depois de mais quinze minutos sem qualquer notícia, o desânimo começou a tomar conta do ambiente. Todo o esforço de conseguir a chave do apartamento, decorá-lo com as flores, os balões, trazer o bolo e outras iguarias, elaborar sorrateiramente a surpresa, parecia ter sido em vão. Se eles soubessem...

Somente quando voltou, dias depois, de sua precipitada viagem ao Uruguai, é que Rosalba teve conhecimento da frustrada reunião. Mas, o que fazer? Ela era assim, imprevisível e completamente dominada por seu espírito aventureiro.

Aplicada estudante de biologia, ativista ardorosa da ONG Paci in Maris, Rosalba Carpentiere jamais recusava uma missão de proteção das águas, fosse qual fosse o país ou povo.

Convidada a intervir no iminente desastre ecológico que um comboio levando produtos químicos causaria ao atingir mares uruguaios, Rosalba deixou Roma em um vôo noturno, desembarcando com seus companheiros no aeroporto de Montevidéu na madrugada de seu décimo nono aniversário.

Pouco importava que sua viagem fosse patrocinada pelos concorrentes do comboio, o fato é que estavam lá e fariam o possível para impedir a chegada dos navios. Assim, os doze ativistas se distribuíram em seis veleiros com bandeiras uruguaias e faixas de protesto e perfilaram-se criando uma barreira entre o primeiro dos três navios e o cais.

Rosalba Carpentiere se lembrava de tudo aquilo com inegável orgulho. Deitada no sofá de seu espartano apartamento, ela gostava de recriar algumas das mais ricas passagens de sua vida. Isso a alimentava, preenchia seu coração de esperança e calor.

Ela sentia até o cheiro do seu bolo! Recordava-se de tê-lo comido quase inteiro de uma vez, para compensar a frustrada empreitada uruguaia.

Hoje, dia do seu trigésimo sexto aniversário, não fosse pelo interminável ruído que permeava a mais secreta intimidade, Rosalba estaria em paz. Afinal, do que se queixar? Tinha concluído brilhantemente o curso de biologia, destacando-se como geneticista e logo se envolveu em fascinantes projetos e pesquisas.

Dona de um sorriso sedutor e de um olhar penetrante de dar medo, Rosalba teria se tornado, com certeza, símbolo sexual do cinema se não tivesse escolhido a ciência. Seu ardente sangue italiano dera-lhe especial calor à voz e gestos largos de mulher segura.

Absorta tanto quanto era possível naqueles tempos ruidosos, ela passeava com a memória visitando lembranças que bem lhe serviam de companhia e custou a perceber o insistente tocar do celular.

— Doutora Rosalba, falo em nome do governo italiano. A senhora está sendo convocada a compor uma equipe especial de oito integrantes, que partirá o mais breve possível para um laboratório na Austrália. Queremos que estudem a origem do Gnogglog, seu significado, se houver algum, e o destruam.

Depois de acertarem os detalhes, Rosalba desligou um tanto assustada e muito agitada. Ao ouvir tudo aquilo pelo telefone, tarefa difícil nestes dias por causa do eterno barulho, sentia-se confusa: parecia ficção científica transposta para a realidade. Mas, como sempre, seu enorme entusiasmo por descobertas e aventura a fez levantar-se aos saltos e juntar suas coisas numa grande e pesada mala que arrastou atabalhoadamente pelos três lances de escada.

As ruas desertas mostravam o quadro de desolação e temor em que a humanidade tinha mergulhado desde que a fatídica música começara. O comércio se restringira aos artigos de primeira necessidade: ânimo para se divertir? vontade de investir? desejos de consumo? Nada sobrevivera ao Gnogglog. As pessoas agiam feito sonâmbulas, vagando a esmo ou tentando agir normalmente dentro de toda aquela anormalidade.

Enquanto dirige, Rosalba vai digerindo o impacto do convite. Apesar de seu temperamento emocional, sua mente treinada a aceitar respeitosamente os desafios científicos esforçava-se por encontrar algum meio objetivo de lidar com a situação. Assim, sua raiva do Gnogglog se mesclava com a necessidade de compreendê-lo, analisar suas razões e até abrir algum diálogo com ele.

Todo aquele irritante som poderia ser emitido por algum ser vivo? Estaríamos ouvindo o discurso ou o canto de algum ET? O que quereria ele? Avisar-nos de algo ou nos destruir cantando?

Rosalba Carpentiere já tinha estudado formas de vida que pareceriam extraterrestres. Especializada em genética das águas, deparou com microorganismos dotados de incríveis níveis de energia biológica, bem como com criaturas gigantescas cujos padrões vitais transitavam entre animais e plantas.

Pois bem, se o emissor do Gnogglog fosse de fato uma criatura, por que destruí-la simplesmente? Só porque sua voz nos incomoda? Ou porque ela resolveu nos visitar ou até ficar por aqui e nos afastar como afastamos mosquitos ou assustamos passarinhos para que não comam nossas frutas? Que direito temos sobre a terra se mal cuidamos dela? Que chances teremos no futuro se não sabemos lidar com um barulho? E a poluição sonora que nós mesmos provocamos em nome do progresso?

Se essa estranha emissão abraça toda a matéria, se tudo vibra ao compasso do Gnogglog, não seria lógico dizer que somos parte do que o emite? Podemos até ser os responsáveis por isso.

Chegando ao ponto de encontro, Rosalba deixou sua boca se abrir em gostosa gargalhada! Fora a primeira e estava adiantada em mais de hora. Esperar, aí estava uma coisa bem difícil com o Gnogglog a dizer sua constante ladainha... O que ela não daria por uns minutos de total silêncio. O que ela não daria por uma pista do autor da composição mais sombria que já se ouviu.

5

PRIMEIRO, UMA FERROADA QUENTE POUCO acima da nádega direita. Um arrepio congelante, calafrio doloroso, insuportável. O escuro crescente, mais e mais dor se espalhando pelo corpo, a mente turva procurando se agarrar em algo. Enfim, o silêncio, surdez de quem foi embalado numa lata espessa, geladas paredes de nada.

— Zé, Zelu, tá me ouvindo? A frase se repetia, ou será que não?... a cabeça não saía do chão, mas seria chão?...

— É melhor você não tentar mexer o pescoço, a bala atingiu a coluna. Bom, ainda bem que foi meio de lado, mas quando você caiu, deslocou a cervical e tiveram de colocar um colar.

— Quanto tempo faz que estou aqui?

— Aqui no hospital, entrando e saindo do coma? Uns três meses. Mas é a primeira vez que você fala, que pergunta... está sentindo muita dor?

— Pior é esta vibração que não pára, esta barulheira metálica...

— Ah, isto é o Gnogglog, a coisa mais estranha que já aconteceu com a Terra desde seu surgimento, mas isso fica pra depois, o importante é que você acordou de novo pra vida.

Uma numerosa equipe médica espalhou-se ao seu redor, examinando-o dos pés à cabeça. Trocavam sussurros, olhares, sorrisos contidos. Semiconsciente, Zelu mal tinha forças para buscar algum entendimento.

— Senhor José Lourenço Meira Alves, sou o doutor Joaquim Andrade, lembra-se do seu nome? Sabe quem é?

Ele se lembrava, sim, mas não conseguia articular resposta. O máximo que conseguiu foi franzir a testa e mal armar os lábios. O experiente doutor tomou aquilo como afirmativa e continuou:

— O.k., não vamos falar demais hoje. Descanse quanto puder e tente não fazer perguntas a si mesmo ou a quem quer que seja. Vamos passo a passo, tá?

Repentinamente, tudo se organiza e eclode numa seqüência perfeitamente clara: personagem de um filme real, ele se vê espremido no vagão do metrô, peito quase explodindo de alegria! Valeu a pena todo o esforço, o empenho da família em financiar sua vinda pra São Paulo, sua exuberante disparada pelos labirintos da mecatrônica...

Agora, o convite para integrar um seleto grupo de pesquisas da Nasa! Era demais! Queriam-no à frente na montagem de um robô companheiro de astronautas em explorações espaciais.

A senhora idosa que lutava por equilibrar-se de pé ao lado dele parecia ler seus pensamentos e, embora estivesse em situação embaraçosa, sorriu amistosamente. Zelu escaneou o vagão com olhos aflitos, procurava um lugar para ela. Havia uma cadeira individual, das que são selecionadas para deficientes ou idosos, ocupada por um garotão de regata decotada, medalhão enorme e jeans.

— Ei, cara, faça-me o favor, esse lugar tinha de ser dela, não é? — disse Zelu enquanto se aproximava do rapaz.

— Por estas e outras é que o Brasil é tão desrespeitado. A gente não se respeita!

O garotão fuzilou-o com um olhar de fúria doentia. A senhora, aturdida, assistia sem reagir. Zelu o encarou decidido a não deixar barato. Os demais passageiros foram se encolhendo instintivamente, preparando a arena. O stress patrocinaria mais um inútil combate urbano.

— Ei, dá um tempo. Ela precisa do lugar bem mais do que você. Levanta daí e deixa ela sentar.

Foi tudo numa fração mínima de tempo: o moleque, que mal tinha 19 anos, brotou da cadeira já de arma em punho. Zelu viu de relance, tentou escapar, abaixando-se e virando de lado, mas a bala fulminou-o nas costas.

As demais lembranças surgiam como retalhos de consciência. Dias depois, aquela estranha e ruidosa vibração estava presente sempre que acordava. Agora, ele sabia que tinha burlado a morte, sua consciência não mais se apagaria em coma.

Na noite daquele mesmo dia Zelu foi transferido para o CTI. Soube que sua mãe estava a caminho, a turma de Guará e o pessoal da fazenda onde seus pais eram caseiros exultavam com seu retorno à vida.

Então contaram-lhe sobre o Gnogglog, que mais de noventa dias tinham se passado sem que ninguém pudesse fazer vaga idéia do que seria, do que causaria aquilo. O que para a grande maioria soava como incompreensível pesadelo para Zelu foi de grande ajuda. Sua mente se encheu de hipóteses, formulava e reformulava raciocínios, buscando arranhar o enigma.

ANTES MESMO DE CHEGAR AOS 30 ANOS, o jovem filho de caseiros, franzino e caipira, havia galgado com passos de gênio os mais elevados degraus da mecatrônica. Graduado com louvor, engendrava e desmontava complexos equipamentos com a singular agilidade de quem reconhecia cada minúsculo parafuso dos brinquedos que ganhara e espalhara desfeitos no terreiro.

Inspirado nos movimentos de uma ovelha por quem era apaixonado, ele, aos 10 anos incompletos, usando partes de animais de plástico e motores de carrinhos a pilha, montou uma espécie de carneirão-cachorro robô que batizou de "cãoneiro". Seu bicho andava, mexia a cabeça para os lados e desviava-se de obstáculos.

Zelu não demorou muito a se recuperar. Afeito a uma alimentação na qual fast food e álcool não entravam, seu organismo não teve de ser resgatado das toxinas e artificialidades para encontrar reais nutrientes. Uma rigorosa fisioterapia, contudo, foi necessária; exercícios diários e exaustivos para revigorar braços e pernas.

No mais, o Gnogglog cuidava do resto. Mantinha seu cérebro superativo e seu desejo cada vez maior de deixar o hospital e se dedicar a solucionar aquele insondável quebra-cabeça.

Quando estava para completar 28 dias de fisioterapia, Zelu foi procurado por agentes internacionais. Recebeu, intrigado, os dois homens austeros que lhe encheram a sala do apartamento com fumaça e olhares inquisidores. O assunto: seu engajamento em certo grupo de cientistas na missão de descobrir e destruir a ou as causas do Gnogglog.

— Bem, estou em franca recuperação. Já movo meus braços e pernas quase normalmente, só preciso da ajuda de um par de muletas para andar, mas vou deixá-las em breve.

— O problema, doutor Meira, é que vamos precisar do senhor já. Temos ordens de encaminhá-lo à base aérea de onde partirá um jatinho que o levará ao encontro dos outros.

— Se eu puder praticar meus exercícios enquanto trabalho...

— O senhor terá toda a cobertura de que precisar. Além disso, como estará em um laboratório, não creio que haverá necessidade de movimentos bruscos ou constantes.

Acompanhado pelos dois agentes, Zelu embarcou na van levando os apetrechos de fisioterapia, roupas, medicamentos e sua mente ávida por desvendar a natureza do mistério, do infindável sonoro mistério do Gnogglog.

6

Greta desliza suavemente para baixo dos lençóis. Encolhe as pernas até que o rosto encoste na virilha dele. Matheus se mexe um pouquinho, se acomoda e pega outra vez no sono. Ela hesita, sabia quanto era difícil dormir envolto naqueles sons horríveis. Seu corpo, porém, precisava do calor do marido, agitado pelo ardor da excitação crescente.

Ela ergue bem de leve o lençol. Como de costume, ele dormia nu, com uma das pernas meio encolhida, de barriga para cima. Entreabre a boca e debruça-se, apoiada nas mãos, colocando-as uma de cada lado das coxas dele, esticando a língua até tocar o membro em repouso. Cava, provoca, até fazê-lo desabrochar em seus lábios.

Atendendo ao apelo, ele suspira abrindo a perna encolhida e se espreguiça. Deixa que os estímulos o contagiem e o despertem. Suas mãos se desprendem do colchão para acariciá-la nas costas despidas. Os seios dela, suspensos na altura de seus joelhos, atraem seus olhos, fazendo-o levantar a cabeça e acender o quebra-luz.

Greta deita-se, então, sobre ele procurando sua boca e cravando nela seus lábios rubros e frutados. Embora seus corpos partilhem espontaneamente das vibrações do Gnogglog, com a força da paixão, o fluxo do desejo, acabam encontrando meios de fundi-los num mesmo abraço, numa mesma viagem.

As carícias aquecem a pele e os suores, saliva, sêmen, derrotam a apatia, realimentando as mentes, os corações.

A madrugada escorre e o sol ressurge na janela, em luminoso aplauso à fuga desse casal apaixonado, um prêmio merecido àquela celebração íntima de amor e cumplicidade.

No banho, Greta respira abrindo e reabrindo braços e pernas, expandindo o peito reanimada. Matheus estava ao telefone, atendia a uma ligação inesperada para aquela hora.

— E por que nós? Sei, sei. Nos escolheram por sermos casados... tá certo, tá. Estaremos lá em uma hora, o.k.?

Ele invade o banheiro tomado pela urgência da situação.

— Grê, nos chamaram. Querem que estejamos no campo militar em uma hora. Estamos incluídos num grupo de cientistas criado para estudar e destruir o Gnogglog.

— Bem, escolherem você não me surpreende. Com todas as premiações em física, todos os seus préstimos à pesquisa internacional! Agora, eu?

— Creio que deve ter sido por conta de sua fórmula. Não é todo mundo que obtém um combustível de alta performance partindo de bioprodutos de lixo reciclável, como esse que você conseguiu desenvolver.

Bioquímica e físico renomados, Greta e Matheus Gebara conheceram-se na Universidade de Jerusalém. Sua ligação amorosa suplantou as agruras dos cursos superiores, passou incólume pelos estágios em distantes pontos da Terra, nem se arranhou quando cada um trabalhava à exaustão em suas pesquisas. Se é verdade essa história de almas gêmeas, eis aqui incontestável exemplo.

Já no jatinho, os dois se põem a discutir as teorias que recebem nas pastas e a comentar de modo bem-humorado o perfil dos companheiros. Suas vozes se erguem, alegres, avançando e ocupando o espaço sonoro acima das turbinas e do próprio Gnogglog.

— Matheus, você não acha que fora da atmosfera estaríamos também fora do Gnogglog?

— É possível, faria sentido com minhas reflexões. Relatos de pilotos de caças se referem a isso, só que eles ainda não saíram da atmosfera. Muitos deles contam que, à medida que se afastam da Terra, o Gnogglog diminui, mas ainda não se sabe se é efeito psicológico ou uma conseqüência real.

— Já tentaram contatar as estações espaciais?

— Creio que sim, Grê. O problema é que seria impossível criar um laboratório lá em cima e nos transportar para lá. Imagine o tempo que levaria.

— É, mas isso pode querer dizer que a matéria, toda ela, teria uma reação de se desligar do Gnogglog quando fora do bolsão atmosférico.

— Podemos tentar trabalhar no vácuo então.

— Não sei, teríamos de criar uma situação através de aparelhos.

— Tudo está contaminado pela vibração e por este barulho infame. Que merda!

O REPENTINO CRESCIMENTO DO GNOGGLOG foi um verdadeiro balde de água fria no ânimo do grupo. Todos já estavam consideravelmente abalados, estressados com mais de três meses de vida ruidosa. Greta e Matheus não eram diferentes dos demais, sua única atenuante é que tinham um ao outro para reclamar e desabafar.

A equipe decidiu dividir-se em quatro duplas, de acordo com a conveniência dos estudos. Eles ficaram juntos, é claro.

— Você reparou na doutora Genoveva, Grê?

— Sempre serena, parece que nem está aqui. Tenho de confessar que me incomoda.

— Greta, que é isso? Ela conhece todas as formas de meditação. Talvez esteja usando alguma técnica oriental.

— Pois seria de grande utilidade que a dividisse conosco. Vou agora mesmo falar com ela.

Greta se aproximou de Genoveva e Jamiro no momento em que falavam do mesmo assunto. Jamiro se apressou em justificar:

— Também pedi que ela nos ensinasse essa técnica. Combinamos que ela falará disso em nossa primeira reunião de amanhã.

Outro inesperado pico de volume do Gnogglog arrebatou os oito cientistas, fazendo-os correr e reunir-se no lado externo do laboratório. A enervante música agora assumia ondas mais pronunciadas de volume e massa sonora, ao mesmo tempo que a vibração acompanhava o ritmo insólito .

Todos procuravam acalmar-se mutuamente, mas Rosalba, tomada de incontrolável crise nervosa, esmurrava as paredes da casa, urrando de total desespero. Seu grito rasgou a noite exorcizando parte do pavor que todos sentiam:

— Eu não agüento mais!!! Parem com isto, pelo amor de Deus!...

Altas doses de sedativos foram aplicadas, mas nada funcionava. Genoveva até tentou ajudá-la ministrando reiki, usando técnicas de relaxamento, mas a crise parecia não ceder.

— Vamos isolá-la num ambiente de vácuo. Temos condições de criar um espaço sem ar, uma câmara hermética? Ela usaria uma máscara acoplada a um sistema externo de fornecimento de oxigênio.

A idéia de Matheus foi aceita. Em menos de duas horas, montaram a câmara e Rosalba foi convencida a instalar-se nela.

— Usando esta máscara de oxigênio, o ar será enviado diretamente ao seu nariz pelo tubo e você estará livre do som. Ficará somente com a vibração inerente à matéria.

Funcionou. Em pouco mais de dez minutos, Rosalba demonstrava ter recuperado o autocontrole e já respirava mais calmamente.

— Ao menos não escuto esta terrível barulheira, somente meu corpo e tudo que está em contato com ele segue vibrando.

Zelu sugeriu que se instalasse um monitor com um teclado, assim ela poderia digitar ao invés de falar.

— Poderíamos falar com ela como num chat, o que eliminaria a necessidade de microfones ou alto-falantes.

— Se isto estiver acontecendo com todo o planeta, estamos mesmo diante da maior catástrofe que já ocorreu na Terra. Não suportaremos isto por muito tempo sem enlouquecer!

Foi a primeira vez que se ouviu Genoveva emitir sua opinião em tom tão pessimista. O Gnogglog evoluía, exigindo que todos gritassem para ser compreendidos.

Estabeleceu-se o desespero: as comunicações tornaram-se caóticas, as pessoas mal conseguiam ouvir a si mesmas. A insanidade, o terror que só uma grande guerra causaria, eram incontroláveis e faziam milhões de vítimas por toda parte. Tudo vibrava, mesclando-se num corpo sonoro opressor. Era impossível resistir ou mesmo partilhar em repouso de tal estado.

O jeito era se isolar, aceitar em silêncio aquele absurdo burburinho, render-se diante da inevitável e funesta canção. Mas, por quanto tempo mais? O que fazer para calar o Gnogglog? Quem ou o que estaria por trás disto?

7

Naylim Koan teria sido um dos primeiros a sentir o Gnogglog. Saigon demonstrava ter dispersado totalmente a memória, os horrores, as dores das feridas causadas pela guerra.

Da janela de sua casa, incrustada no pico de uma elevação de onde se podia contar com privilegiada vista, ele admirava a cidade banhada no crepúsculo quando seu corpo percebeu um leve tremor, ao mesmo tempo que ouvia um rumor crescente pulsando aleatoriamente junto com a vibração.

Nas semanas seguintes, Naylim teve de adaptar-se àquele incômodo ruído, ao vibrar constante de cada célula e conviver com a companhia invasora do Gnogglog. Foi horrível, pois ele era um fã incondicional da solidão. Exposto que fora ao sol abrasador da selva, aos insaciáveis mosquitos, às chuvas de encharcar a alma e às batalhas em que a vida valia menos do que um galho seco, ele até que se acostumou a dormir envolto no barulho, esquecendo o estado vibratório do corpo. Mas sempre se sentia observado por alguém ou por algo... isto era o pior! Sua privacidade estuprada, dominada por um tipo estranho de alucinação coletiva.

Afinal, o que era aquilo? Ele, que tinha sido um dos principais estrategistas vietcongues responsáveis pelo fracasso norte-americano, conjecturava, dirigia suas suspeitas para algum tipo de arma, uma bomba sônica de alta capacidade. Mas algo deve ter dado errado! Quem sabe uma falha de projeto e os imbecis perderam o controle. Deram um tiro no próprio pé, e a Terra inteira está pagando pelo erro.

NAYLIM KOAN, PORÉM, NÃO ERA DADO A conclusões precipitadas. Seus 64 anos, dos quais mais de quarenta dedicados à vida militar, emprestavam-lhe a paciência necessária ao bom guerreiro. Sua máxima era: gaste mais tempo conhecendo o inimigo do que combatendo-o. Foi assim que ele salvou sua companhia de 22 homens de um massacre; olhou o céu e previu um temporal, comum naquela época do ano. Atentamente, observou o posicionamento dos soldados americanos e colocou-se com seus comandados próximo de um corredor de árvores altas. Esperou que a natureza o servisse com uma das mais fartas chuvas e, oculto pelas árvores e pela cortina d'água, esgueirou-se com a tropa até desaparecer na floresta.

Com o tempo, Naylim compreendeu que se tratava de coisa externa ao controle de quem quer que fosse. O gerador ou geradores do Gnogglog certamente tinha ou tinham outras intenções, incompreensíveis mas poderosíssimas intenções.

O convite chegou por e-mail. Naylim teve de abrir esse precedente, adquirir um computador e se conectar ao mundo virtual. Leu as poucas linhas já de pé, com a mão no mouse e se desconectou no segundo seguinte à última palavra. Tinha gastado mais de três meses estudando seu inimigo, já era tempo de iniciar o combate. Se bem que, honestamente, não contava com dados suficientes para ir à luta. Seu consolo era saber que ninguém de fato os tinha.

No laboratório, durante a crise de Rosalba, ele se afastou do grupo, pois não havia muito mais que pudesse fazer. Sua ampla visão de jogo mantinha todos informados sobre os desastres que o súbito ataque do Gnogglog estaria causando em todas as partes do planeta.

SEDIADO NUMA REGIÃO MONTANHOSA DA Austrália, escolhido por sua localização isolada e também por causa das instalações apropriadas para pesquisas nucleares, o laboratório consistia em um largo e baixo prédio de quatro andares, estrutura arredondada com heliporto no topo. Plantado num vale, protegido por morros bem mais altos do que ele, o edifício tinha três saídas, todas desembocando em vegetação espessa, mas bem aparada.

A doutora Underson deixara o prédio pela saída lateral direita e estava sentada em uma das grandes pedras espalhadas ao redor. Naylim se aproximou pigarreando propositadamente para não assustá-la.

— Doutora Marjory, está bem?

— Sim, general. Preferi me afastar, já tem gente demais cuidando de Rosalba.

— Mas sua ajuda pode ser necessária. Não é a senhora a especialista em comportamento?

— Acontece que preciso primeiro me equilibrar, no momento estou apavorada demais pra agir.

Ele não entendeu bem o termo apavorada. É que todos haviam adotado o inglês como língua comum por ser sintética e vasta o bastante para abrigar os mais complexos raciocínios. Marjory Underson era nova-iorquina e não se fazia de rogada com gírias ou expressões fora do entendimento geral. Naylim teve de deduzir o significado por sua expressão de terror.

— Quem sabe, distantes da aflição deles, possamos fazer algo por Rosalba.

— Admiro seu otimismo, general, pena não compartilhar dele.

— Otimismo está fora do meu vocabulário. Prefiro buscar nos fatos a orientação para os próximos passos.

— Então diga o que podemos fazer.

— Todos os eventos já são, por si, interrogações bastante contundentes, doutora, incluindo seu atual estado.

Eles se entreolharam, agora pela terceira vez. Durante a viagem, Marjory e Naylim perceberam ao mesmo tempo seus olhares atraídos um pelo outro. Eram os mais velhos do grupo e isso poderia explicar o involuntário movimento de seus olhos. Na chegada, foi ele quem se dispôs a auxiliá-la com a bagagem.

— Preciso avisar os outros dos recentes cálculos que fiz. Eles imaginam que o Gnogglog está nos atacando por estarmos juntos aqui na missão de destruí-lo, e não é bem assim.

— Como sabe que não é bem assim?

— Ele segue um padrão evolutivo, doutora. Em cada 312 horas sua vibração e som se alteram; crescem e adquirem novas nuances. Essas alterações ocorrem em proporção aritmética, por isso é que só agora são mais perceptíveis e agressivas.

— Mas não faz 312 horas que o barulho vibratório cresceu e já houve dois picos.

— É assim mesmo. Ele cresce e se estabiliza após dois picos. Quando aconteceu o primeiro, realizei meus cálculos e estava para falar disso com minha parceira Rosalba quando...

— Pois mal tive tempo de iniciar um diálogo com Zelu. Quer dizer que daqui a 312 horas isto vai ficar ainda pior?

— Receio que sim. Se esta coisa continuar evoluindo neste ritmo, a vibração poderá romper a crosta da Terra, levando inúmeros vulcões a entrar em erupção, mas nessa altura já estaremos completamente loucos com tanto ruído...

— Quanto tempo temos então?

— Mais 936 horas, presumo. Preciso mostrar esses diagramas aos outros.

Ele escancarou diante dela uma série de diagramas meticulosamente desenhados a mão, uma espécie de mapa descrevendo a evolução do Gnogglog.

— Interessante... não são muito diferentes dos gráficos sobre comportamentos esquizofrênicos.

— A senhora está querendo dizer que meus diagramas podem retratar uma mente doentia?

— A semelhança é considerável.

Imaginar que um surto esquizofrênico poderia ser a causa do Gnogglog, que algum gênio enlouquecido teria acesso a uma tecnologia desconhecida e a colocaria a serviço de suas sandices, era absurdo demais até para ele.

Zelu irrompe do prédio chamando os dois para uma reunião em volta da mesa cinza de mármore. Jamiro, então, anuncia as novas proposições:

— A partir de amanhã, cada um de nós contará com uma câmara semelhante à que montamos para Rosalba. Ela será nosso refúgio e poderemos estudar com maior concentração e nos comunicar teclando na rede interna. Alguma pergunta?

Naylim Koan adianta-se, apresenta seus diagramas e cálculos. Os papéis passam de mão em mão acumulando rostos sombrios, perplexos. 936 horas... 39 dias!!!

8

"O IMPONDERÁVEL NÃO REPRESENTA O que aparenta. A estrada que conduziria à lucidez passa necessariamente pelo caos."

Os aplausos encheram a tarde calorenta. Algumas cabeças sonolentas ergueram-se, é certo, mas a maioria dos presentes tinha sua atenção totalmente tomada por Marjory, 57 anos, que sorria enquanto fechava seu indefectível caderninho de anotações.

A palestra com a qual lançava seu terceiro livro, *Lucidez, Limite do Imponderável*, daria o que falar por meses dentro da comunidade científica.

A bordo do táxi, suada apesar do ar condicionado, Marjory suspirava aliviada. Agora poderia relaxar, deixar o irritante circo dos behavioristas pegando fogo, contradizer os demagogos, intransigentes analistas transacionais, diminuir o afã dos acadêmicos tarados por indícios sexuais em tudo.

Se na loucura é o inconsciente quem domina, invertendo a ordem natural das coisas, reorganizar a mente será mesmo retirar do palheiro a agulha, reencontrar no imponderável a tênue linha e fisgar o consciente. Quaisquer outros meios correspondem a riscos incalculáveis de perda do rumo.

MARJORY UNDERSON ASSISTIU IMPOTENTE AO que fizeram com sua própria mãe. Aos 12 anos, coagida pelo pai, participou do terrível dia em que a internaram numa tal clínica de recuperação mental. Depois disso, só a viu por mais algumas vezes, sempre mergulhada em seu mundo de catatônica. Felizmente, a cena que mais se repetia em sua memória não era aquela, mas sim a manhã em que foi visitá-la mastigando enorme espiga de milho cozido. Marjory cumprimentou-a com beijos estalados nas faces e sentou-se ao seu lado. Fazia mais de ano que sua mãe chegara à clínica sem que se manifestasse qualquer reação ao tratamento.

— Então, mamãe, como vai?

Instruída pelos médicos, Marjory conversava com ela, falava amenidades, contava-lhe sobre sua escola, sua casa. Subitamente, a mão de sua mãe se desgrudou da sua e se precipitou na direção da espiga. Uma ávida dentada, um sorriso brincalhão:

— Sempre adorei milho!

Marjory quase despencou do banco de madeira mas, num gesto de rara sabedoria, conteve-se e retomou a conversa:

— Eu também, este é do sítio do tio Ernest. Pode ficar, tenho outra aqui na bolsa.

Por mais de duas horas elas conversaram como se o tempo não existisse, como se jamais tivessem se separado. Os especialistas não se conformavam, tantas foram as tentativas de reanimá-la... O fato é que sua faísca de lucidez durou menos de um dia e de nada adiantaram as tentativas de repetir as visitas com pratos ou travessas de espigas douradas.

Na cabecinha adolescente de Marjory não cabiam maiores elucubrações, embora ela buscasse relembrar os assuntos, as observações que fizeram durante aquela maravilhosa manhã. Mas de uma coisa ela estava segura: se foi possível erguer uma ponte entre o mundo de sua mãe e o nosso, isto poderia ser feito novamente – bastava encontrar os ingredientes corretos.

Obstinada em conquistar a lucidez de sua mãe, Marjory atirou-se sem reservas nos meandros da mente humana. Frustrada, mas não derrotada por seu insucesso, doutora Underson esgueirou-se pelos mais complexos caminhos da psique até desenvolver o mais eficiente tratamento na reorganização mental de esquizofrênicos, com taxas acima de 20% de resultados positivos.

Lucidez, Limite do Imponderável JÁ ATINGIRA a quinta edição quando o Gnogglog mergulhou a Terra em sua teia insana. No consultório da avenida Madson, respeitável bloco de quatro amplas salas, Marjory via-se às voltas com um inimigo concreto mas oculto, expressivo mas enigmático em suas reais intenções.

Traumas familiares, conflitos conjugais, desastres profissionais, nada parecia ter tanta importância quanto o presente estado. Em cada sessão, à medida que o Gnogglog evoluía, seus recursos diminuíam de eficiência e valor.

Qualquer relação terapêutica permitia um sadio isolamento entre agente e paciente. Mas, em tempos de Gnogglog, tudo vibrava junto e não havia quem não ouvisse o desestruturante ruído. Todos eram assim pacientes do mesmo mal, contaminados pela mesma epidemia.

O que conferia certa impermeabilidade a doutora Marjory era justamente sua obstinação em manter-se lúcida, e buscar lucidez nos que a procuravam. Era uma das únicas psiquiatras ainda em atividade, respeitada e considerada pelo fôlego com que enfrentava o Gnogglog.

Por tais razões, o convite para integrar o octeto internacional de cientistas era mais do que justo. Ela hesitou apenas porque deixaria órfãos seus dezessete pacientes, incapazes de manobrar suas frágeis estruturas mentais naquele inferno.

Chegando ao laboratório, Marjory logo se sentiu atraída pelo jovem decidido em seu caminhar difícil, apoiado por muletas mas, demonstrando agilidade e desprendimento. Estabelecidas as duplas, ficaram juntos.

O surto de Rosalba congregou todas as atenções por algum tempo, mas, uma vez aceita a idéia da câmara, ela e Naylim se afastaram para conversar.

Na reunião geral, Marjory considerou a hipótese de relacionar os diagramas de Naylim com gráficos demonstrativos de surtos psicóticos.

— Esta pode ser uma das mais válidas teorias.

— O que a faz pensar assim, Genoveva?

— Há certos axiomas em que todos os principais grupos religiosos do mundo concordam, as diferenças estão mais na forma de expressá-los do que em seu conteúdo. Um deles é: nada acontece por acaso. Uma frase que até se tornou chavão e se desgastou pelo uso constante e indiscriminado. Matheus, você deve conviver com inúmeros exemplos disso na física, não foi à toa que Capra escreveu *O Tao da Física*.

As gargantas iam ficando secas, as mentes exaustas, os corpos pendendo das cadeiras. Então, numa questão de ordem proposta por Marjory, o octeto decidiu descansar um pouco e voltar a se reunir às 8 horas da manhã seguinte, o que lhes daria uma trégua de menos de cinco horas. No entanto, todos preferiram montar as câmaras, pois isso lhes permitiria descansar envoltos no vácuo, surdos ao som torturante, ilesos ao ruído insuportável. Às 5 horas da manhã, eles, enfim, se recolheram.

9

— FICÇÃO? ESTOU CONVICTO DE QUE A FICÇÃO é uma tentativa de enxergarmos o futuro. Não podemos nos esquecer de que nosso pensamento viaja na velocidade da luz, que podemos ingressar no passado com a ajuda de nossa memória e relembrar fatos ocorridos semanas atrás na mesma velocidade em que alcançamos eventos acontecidos em nossa infância.

— Ao deslocarmos a mente para o futuro, porém, não contamos com o apoio de nossas lembranças, desatamos a correr a esmo, utilizando apenas mecanismos dedutivos ou valendo-nos da intuição. Criamos ETs, inventamos máquinas incríveis, desenvolvemos modelos sociais baseados em civilizações fora do comum, tudo isso pode sim nos trazer mensagens do amanhã.

— São padrões desorganizados, pistas misturadas, a criatividade explorando o porvir, instigando-nos a encontrar respostas. Precisaremos dar embasamento científico às loucuras com que nos depararmos, pois este não será o princípio básico da pesquisa? Com estas palavras quero prepará-los; o que penso ter descoberto parecerá maluquice, mas lá vai: nosso Gnogglog é um eco.

— Com base nos diagramas de Naylim Koan, todos poderão observar a linha evolutiva mudando em cada treze dias, desde o seu início. Juntando-se aos desenhos as últimas informações que obtive através de aparelhos instalados em pontos fora da atmosfera terrestre, concluí que dentro de cada ciclo de treze dias, o Gnogglog se repete e, ao iniciar-se um novo ciclo, são acrescentados novos harmônicos. A nova seqüência se repete, acrescida dos referidos harmônicos, e começa tudo de novo.

— Mas, Jamiro, um eco acontece ao contrário do que você nos diz. À medida que as repetições ocorrem, o som vai perdendo mais e mais harmônicos, até se desvanecer no espaço.

— Sim, Matheus, mas o que você me diria de um eco ao contrário? Na reversão, nosso som se enriqueceria até...

— Até tornar-se o som original... mas isso é tecnicamente inviável.

— Não é mais. Digitalmente, podemos fazer um som ser reproduzido ao contrário. Já se fazia isso com fitas magnéticas e usava-se como efeito sonoro. A questão é que o som será produzido anteriormente para que depois se obtenha o som reverso.

— Isso é uma viagem, Zelu. De que nos serve discutir essas coisas agora?

— Senhores doutores, vamos deixar o doutor Jamiro

concluir sua explanação. Estou certa de que ele não está aqui para brincar conosco.

— Tem razão, doutora Underson, é meu sangue italiano falando mais alto do que eu.

— Bem, se estamos ouvindo um som ao contrário, o eco antes do ruído original, a fonte emissora o estará emitindo ou já o emitiu em algum instante do tempo vindouro. Avançamos no tempo enquanto nos aproximamos da fonte emissora. Sabemos que cada passo acontece de treze em treze dias e que só nos restam mais três ciclos para que se torne insustentável. Amanhã, às 17h42, haverá uma nova expansão do Gnogglog. Minha proposta é que analisemos os movimentos de corpos celestes incomuns, cometas, asteróides, algo que possa estar em curso de aproximação da Terra. Isso pode nos dar alguma pista.

— Pista do quê? De que alguma banda de marcianos resolveu fazer um tour e dar show aqui? De que eles usaram equipamento alienígena e estamos ouvindo o eco de sua canção de abertura?

— Isso seria uma hipótese aceitável, meu caro general.

— O que ele está querendo dizer, Naylim, é que um corpo celeste poderia rebater as vibrações lançando-as de volta à Terra. Por sua constituição diversa, tal corpo lançaria essas vibrações numa espécie de linha espaço-temporal, fazendo-a viajar no tempo e retornar à sua origem. Feito um bumerangue, um looping que estaríamos acompanhando ao contrário.

— Isso mesmo, Zelu. O início do Gnogglog para nós seria, na verdade, seu ponto final. Estamos ouvindo e vibrando com ele desde seu fim até o começo.

— Que inusitada maneira de causar o Apocalipse. Por essa eu jamais esperaria. Se bem que um postulado bíblico diz que "No princípio, era o verbo".

— É sem dúvida uma teoria extremamente criativa. Você tem dados que a reforcem? De onde tirou as suspeitas que o levaram a pensar nisso?

— Doutora Greta, não estamos falando simplesmente de um som, falamos de uma vibração que afeta tudo que é matéria. O ciclo é de treze dias e vai se repetindo e sendo acrescido de novos aspectos em sua configuração. Trata-se apenas de considerar os diagramas de Naylim de cabeça para baixo. Então, fica a pergunta: o que poderia causar essa inversão vibratória? Algum tipo de matéria incomum, algo com dimensões suficientes para rebater vibrações e atingir nosso planeta inteiro. É quase impossível que seja coisa produzida pelo homem, não acha?

— Mas... e a tal fonte sonora, ou vibratória, de onde vem?

— Isso nós ainda não sabemos, general Koan. Pode ter sido alguma grande explosão, um terremoto extremamente abrangente, mas sem grande poder destrutivo. O sismo teria emitido uma vibração em larga escala que teria sido rebatida por um estranho corpo celeste e...

— Mas observe, Jamiro, o que ouvimos não tem nenhuma característica de abalo sísmico ou explosão. Parece mais um... uma... mistura de máquinas e vozes, um inconstante alarido de gente e engenhocas metálicas.

— Aí está, Rosalba, minha idéia é tentarmos decompor o Gnogglog, decupá-lo em sua estrutura harmônica, buscar sentido no que nos soa. Já solicitei que fossem gravados trechos através de equipamentos instalados em nossas estações espaciais internacionais, pois os equipamentos lá existentes estão fora de seu raio de ação. Pedi que trabalhassem na decomposição do som, harmônico por harmônico. Vamos ver se encontramos alguma mensagem ou sinal inteligível. Amanhã acontecerá a segunda expansão, ou seja, só teremos mais treze dias, período em que a pressão atingirá níveis próximos do caótico. Provavelmente mal poderemos conversar, nossa mente estará trabalhando em condições críticas.

— Calma, doutor Jamiro, como estrategista que sou, é meu dever alertá-los de que não há arma mais eficiente do que o desespero. É com ele que contamos sempre que estamos em menor número ou incapazes de reagir à altura contra o inimigo. Instalar o desespero de qualquer maneira enfraquece, desarticula o adversário. Não é por aí que o terrorismo instala o desequilíbrio?

10

GENOVEVA DESPERTOU DO QUE PARECIA ter sido um cochilo, pequeno e estranho fluxo de tempo, silenciosa fatia de madrugada que interrompera sua vigília. Suada e assustada, ela saltou da cama envolta em angustiante torpor. Parecia-lhe mesmo ter viajado quilômetros e décadas dentro daqueles menos de quarenta minutos de sono.

Na larga mesa de trabalho espalhavam-se pilhas de livros e dezenas de anotações em blocos de folhas grampeadas. Aqueles dois anos ensinaram-na a entender o tempo como dimensão controlada pelos movimentos da razão e da emoção. Se houvesse algo de extraordinário a caminho, a espera fazia os minutos se arrastarem preguiçosos, mas, havendo algo que precisava ser concluído, as horas se encolhiam como gelo ao sol.

O professor Werhel Joensberg cumprira à risca o que lhe prometera: tudo lhe fora concedido, desde a equipe minuciosamente escolhida até condições para viajar e visitar os mais longínquos confins da Terra. Foi recolhido assim talvez o mais farto material religioso de que se tem notícia. Obras de arte, depoimentos, publicações didáticas das mais diversas seitas, compunham um extenso arquivo ao qual somente a doutora Pavlinski tinha acesso.

Encerrar tudo aquilo em um relatório num período tão curto assim, apenas dois anos, era mesmo tarefa hercúlea, muito mais se levarmos em conta as intenções de Werhel.

Mas Genoveva tinha de admitir: cruzar o mundo de avião, pesquisar nos labirintos virtuais, conversar com chineses e austríacos ao mesmo tempo, dava-lhe poderes além dos que se poderia imaginar menos de cinqüenta anos atrás.

A manhã se anunciava alegre com um calorzinho de lâminas prateadas de sol lambendo sua janela. Genoveva pediu seu café no quarto, dando-se o direito de comer fartamente: pães, frios diversos e frutas, chá e alguns pedacinhos de bolo reanimaram-na um tanto, mas a incômoda sensação semelhante a um mau pressentimento não lhe largava o peito.

SIM, POR INÚMERAS VEZES ELA SE QUESTIONARA sobre as razões que a levaram aceitar aquela missão. Sentada em frente ao mar cearense ou do alto de algum arranha-céu australiano, ela elucubrava respostas e quase sempre se convencia de que não poderia deixar escapar a chance de estudar divindades e crenças desfrutando de condições econômicas e profissionais únicas.

Às vezes, o medo de estar à frente de um projeto megalomaníaco, em que um visionário milionário conceberia algum deus tecno-poderoso, tomava-lhe o entusiasmo, acinzentando-lhe a mente. Mas logo se reanimava ao deparar-se com formas inusitadas de oração ou alguma imagem de rara beleza que só poderia ser erigida num fervoroso transe.

No táxi, Genoveva folheava seu relatório mais para ocupar os pensamentos do que buscando fazer qualquer correção. Às 8 horas em ponto estava em frente à porta do escritório de Werhel.

— Bom dia, doutora. Vejo por sua expressão que tem algo a me entregar.

— Por várias ocasiões pensei em lhe pedir mais tempo, quem sabe mais um ano, mas entendi que qualquer medida temporal seria pouca para tamanho acervo. Decidi entregar-lhe este relatório e desenvolver a partir dele um caminho mais amplo e profundo.

— Quer me dizer que está comigo na elaboração de uma representação mais eficiente de Deus?

— É mesmo esse o seu objetivo?

— Doutora, imagine que pudéssemos injetar perdão nas veias dos muçulmanos, modernidade nas mentes dos evangélicos, dinamismo nos comportamentos budistas... imagine uma forma de comunicação baseada nas mais eficientes técnicas, informações e conceitos irresistivelmente apregoados, auto-estima, solidariedade, fé no presente e no futuro, as bases de um amor incondicional. Pois todas as mais populares religiões não concordam que o amor é o verdadeiro destino de nossos corações?

— É verdade. Mas há tanta coisa a ser analisada, sentida, ninguém vai poder de fato se entregar a Tupã como um índio ou ao próprio Satã como seus seguidores mais fanáticos.

— Manobrar os fluxos sociais já não é nenhum bicho-de-sete-cabeças, doutora. Criar alterações comportamentais, instigar e direcionar emoções partindo de premissas aceitas pela grande maioria dos seres humanos, pode, sim, ser feito com eficácia comprovada. Enquanto você trabalhava em seu relatório, eu tinha toda uma equipe desenvolvendo um inovador sistema de comunicações. Nosso Deus ecoará por todo o mundo de maneira insofismável. A voz dele, a imagem dele estarão no ar! O ar será nossa gigantesca tela, nosso incontestável auto-falante. Deus falará a todos ao mesmo tempo e em suas línguas nativas, difundirá sua mensagem por lares, mares e ares de toda a Terra.

— Mas como você espera atingir a atenção de toda a raça humana?

— Nossa própria ganância nos levará a isso. Diga-me: qual rede de telecomunicações não investiria em um sistema capaz de transmitir mensagens independentemente de quaisquer aparelhos já existentes, mensagens que sejam recebidas e compreendidas por todo o planeta sem que mesmo se precisasse perguntar: "Me permite dizer o que quero dizer?"

— E esse sistema já existe?

— Graças a um bando de malucos inventores e uma assustadora soma de investimentos, já. Estamos em fase de instalação dos holo-defletores. Usaremos o ar como meio físico de projeção de som e imagem. Serão mais de

30 bilhões de holo-defletores distribuídos estrategicamente: nos postes, redes de TV a cabo, até nos tetos de casas. Os aparelhos são finos como lâminas, compostos de chips e circuitos especiais. Embarcações, aviões e automóveis também terão seus aparelhos clandestinamente instalados, é claro. Nas selvas, geleiras, onde houver um ser humano, haverá um receptor no qual Deus se expressará. Meus investidores estão convictos de que utilizaremos os holo-defletores para vender seus produtos, arrebanhar consumidores, hipnotizar multidões... a surpresa de ver e ouvir a voz de Deus clamando por justiça, paz e esperança provocará tal comoção mundial que nem o diabo, usando suas particulares formas de magia, poderá deter. Durante três horas, tempo máximo em que se pode emitir ininterruptamente pelos holo-defletores, a voz de Deus, sua imagem divinal, ditará seus mandamentos, como o fez a Moisés nas tábuas sagradas.

Genoveva subitamente se deu conta da enorme teia em que se achava. Aquela sensação, o mau presságio, o semiconsciente apelo cravado em sua mente, reapareceu mais forte do que nunca.

— Professor Werhel, temo que o diabo já esteja no controle. Essa máquina de fazer deuses pode ser sua mais incrível invenção. Não se obtém fé de espíritos escravos, não se obtém amor através de mecanismos de submissão mental.

— Genoveva, pense! Somos uma humanidade amorfa e acéfala, que acabará se destruindo por conta de egoísmo e maledicência. Tudo que eu quero é implantar uma bússola, algo que nos dê um norte, um rumo, a nova arca de Noé, a direção do Nirvana.

— Não posso compactuar com tamanha irresponsabilidade. Devo adverti-lo de que irei à imprensa, arcarei com quaisquer punições contratuais e avisarei a todos desses perigos.

— E quem acreditará em você? Acha que lhe dei a cópia do DVD de nossa primeira conversa? Não lhe resta nada mais do que algumas folhas de papel que poderiam ser digitadas até mesmo por você e uma assinatura que propositadamente fiz com pequenas falhas. Você será ridicularizada e sua carreira perderá totalmente a credibilidade. Mas se, ao contrário disso, você comprovar publicamente o que Deus disser, suas palavras serão recebidas em bandeja de ouro, provas divinas. O que vai preferir?

Sentindo-se diante do próprio Lúcifer, fraca demais para argumentar, Genoveva arqueou os ombros e virou-se de lado para levantar-se. Werhel, num gesto doce, quase paternal, ajudou-a e abraçou-a suavemente.

— Querida Genoveva, calma, ainda teremos um bom tempo de espera até que tudo isso aconteça; talvez mais de ano.

Amargando uma dor além de sua capacidade de suportar, vitimada por seu próprio ego, a doutora Pavlinski isolou-se do mundo em solitário retiro numa aldeiazinha da Patagônia. Foi lá que o Gnogglog a encontrou. Com a evolução dos acontecimentos, ela voltou a Moscou e instalou-se num pequeno apartamento. Queria estar mais perto de seu irmão Gensian e retomar os estudos.

O CONVITE PARA INTEGRAR O GRUPO CIENTÍFICO chegou-lhe atrasado, pois ninguém tinha idéia de onde ela estava. O Gnogglog já completara sua décima quarta semana de terror quando Genoveva tomou o jatinho em companhia dos outros sete integrantes. Ao lado de Jamiro Cabrera, ela se sentia meio que vingada pelo Gnogglog; afinal, fosse o que fosse o professor Werhel fazer, nada do que ele havia preconizado poderia acontecer enquanto não se desvendasse o mistério daquela maldita música.

11

Se o desespero desarticula, corrói os fios por onde a força flui, destrói caminhos sem deixar rastros, exige de nós parcelas imensuráveis de esforço, faz com que lutemos, apliquemos tudo ao nosso alcance para sairmos do lodo. Assim é que, em menos de três dias, uma pequena nave estava pronta para enviar um dos cientistas a bordo de uma das estações espaciais russo-americanas.

Em rápida reunião, decidiu-se que Matheus seria o passageiro por ser o mais capacitado a lidar com questões de vôo. Ele já havia pilotado um caça israelense durante conflitos com o Irã. Jamiro Cabrera teria sido enviado, pois seu conhecimento de matemática o credenciava a desvendar códigos e, ao que tudo indicava, o complexo corpo sonoro do Gnogglog era mesmo alguma mensagem emitida em padrões desconhecidos. Mas Jamiro tinha absoluto pavor de voar; fora para ele uma graça dos céus viajar aquelas infindáveis dez horas ao lado de Genoveva.

A Terra já sofria abalos consideráveis em razão do novo volume vibratório e sonoro estabelecido pelo Gnogglog. Percebiam-se alterações nas calotas polares, terremotos, erupções vulcânicas e avalanches freqüentes nas geleiras. O mar também respondia grotescamente àquela música diabólica dançando em ressacas terríveis!

Na tarde do quarto dia contado a partir da antepenúltima expansão do Gnogglog, Matheus acopla sua navezinha à estação recebendo os aplausos e orações de todos. Segundo cálculos recentes, estava confirmado: mais duas expansões e a Terra explodiria em convulsões incontroláveis. Restavam apenas 22 dias então para que se encontrasse algum jeito de parar o Gnogglog.

Providenciou-se todo um complexo de transmissão e recepção de dados entre Matheus e Jamiro; o que um ouvia ou via o outro ouvia ou via. Estimulantes de última geração, uma sofisticada medicação com vitaminas e isotônicos era ministrada neles para mantê-los alertas o maior tempo possível sem descanso.

— O.k., Jamiro, temos tudo instalado aqui de acordo com suas especificações. Amigo, se você não tivesse tanto medo de voar, estaria agora livre, quase totalmente livre do Gnogglog. Sabe que levei um tempinho para me acostumar sem ele? Ainda o sinto em mim, vibrando e soando...

— Olhe, Matheus, pode ser que você seja o único sobrevivente desta tragédia se não trabalharmos rápido e descobrirmos o que este absurdo som quer nos dizer. Comece a decupagem digital, harmônico por harmônico. — Os dois passaram seis a sete horas embarafustados em varreduras, configurando e reconfigurando ouvidos e sensores, olhos atentos às alterações de luz e sombra que surgiram em suas telas. Os computadores foram programados para reconhecer padrões de linguagem perdidos nas dobras, nos ecos de freqüência do Gnogglog.

— Tenho a impressão de que estamos lidando com um bebê, uma criança de 1 ano de idade que só ouvia esperanto e que agora tenta reproduzir o que ouviu. Veja estes gráficos aqui... eles evoluem de forma linear até este ponto e depois se desorganizam completamente.

— É mesmo... siga esta linha, Jamiro, e veja como ela começa se desenrolando perfeitamente como se fosse uma...

— Espiral? Mas depois se entorta de um tal jeito...

— O mesmo acontece com certos sons destacados da massa; lembram palavras em grego ou italiano mas depois se misturam.

— E se a gente tentasse recompor usando algum padrão sugerido pelas linhas ou sons?

Matheus deixou que a premissa de Jamiro assentasse em sua mente; depois olhou para a linha torta e, seguindo o traçado inicial, redesenhou-a do ponto em que ela se torcia até chegar a uma espiral perfeita.

— Podemos fazer o mesmo com sons, tentar recompô-los dando-lhes padrões humanos partindo de sua raiz. Mas que parâmetros usaríamos?

— Seguiríamos o fluxo natural, Matheus, seguiríamos, digamos, a maioria. Assim como você fez com a linha que se tornou espiral, era a resposta mais simples.

No fim da noite ninguém tinha mais dúvidas: o Gnogglog era humano em sua linguagem e havia algo embaralhado naquele tosco ruído, mensagem codificada dirigida a alguém. Através da recomposição sonora e imagética, vão surgindo palavras e contornos reconhecíveis. Havia também certa correlação entre os símbolos, de modo que a primeira palavra decodificada se relaciona diretamente com a espiral, é COMPREENSÃO. Mais tarde, a mesma palavra foi reconhecida em diversas línguas.

— Esperem aí... deixem-me recompor este grupo de linhas. Lembrei-me de uma fórmula que estudei em geometria aplicada à biologia.

Rosalba traçou novo desenho partindo das linhas escolhidas.

— É o desenho de células de certos moluscos que habitam a costa sul-americana.

Pista falsa, descobriu-se que o desenho proposto por Rosalba não sincronizava com nenhum som. Mas isso serviu para colocá-los no caminho certo, ou seja, imagem e som tinham de sincronizar de algum modo.

O dia seguinte já ia pela metade quando Jamiro e Matheus, auxiliados pelos demais, chegaram à primeira frase: SÓ A COMPREENSÃO RELATIVA NOS LEVARÁ À SABEDORIA INFINITA. A frase sincronizava-se com a espiral.

Nem o susto causado pela primeira expansão do Gnogglog foi tão grande quanto o que Genoveva provocou quando saltou da cadeira e escancarou sua câmara gritando:

— É a máquina, a maldita máquina de fazer deuses do professor Werhel Joensberg!

Bocas entreabertas, olhos arregalados, todos a fulminaram revirando a cabeça.

— E pensar que contribuí para que isso acontecesse, que entrelacei meu destino com o de toda a Terra!

Tão rápido e sintético quanto pôde, Genoveva contou sua história com Werhel, seus dois anos de pesquisas e as reais intenções reveladas por ele.

— Li um artigo a respeito em uma revista especializada em telecomunicações. Faz uns seis meses, estavam formando um poderoso consórcio; o repórter se gabava de ter interceptado conversas confidenciais entre grandes empresários do setor, lembro que era negócio de bilhões de euros!

— Meu Deus, Marjory, mas como puderam fazê-lo tão depressa?

O general Naylim Koan franziu exageradamente a testa:

— Dinheiro, minha cara, só há uma maneira de enfrentar quem tem muito dinheiro: com muito dinheiro. Veja quanto estão gastando conosco, talvez mais do que os tais empresários gastaram para fazer esta porcaria. Não fossem os pesados armamentos soviéticos concedidos ao Vietnã...

Genoveva segurava sua torrente emocional como podia. Finalmente, desabafou:

— Aprendi tanto sobre humildade... incas e taoístas, vedas e cristãos me ensinaram em seus mais profundos editais a compreender-nos aprendizes das lições do universo. No Alcorão, inscreve-se que Alá recebe com especial carinho os humildes e os reverencia dando-lhes fortuna e felicidade. Na magia Uca, é a natureza quem estabelece o ritmo de nossa evolução. E eu, tinha de ser eu, minha sede egoísta por conhecimento pode nos matar por excesso de água!!!

12

Ele se contorcia na poltrona. Mãos crispadas, pés apertados nos sapatos, boca entreaberta e maxilares tensos. Balbuciava sons sem nexo, aspirando angústia e expirando medo. O Gnogglog mudava novamente de forma, era uma enorme estrutura meio máquina, meio animal, envolvendo-o numa espécie de abraço, massageando-o voluptuosamente.

Na escrivaninha à sua frente, abandonados pela inesperada e irresistível sonolência, cheques, relatórios e cartas por assinar. O sol esburacava as cortinas invadindo a sala em tarde calorenta. Nova mudança: o Gnogglog é agora uma profusão de fios e garras comprimindo-o, fazendo-o quase cair de lado no chão. Um dos braços projeta uma garra pontiaguda em direção à sua testa. Ele não consegue evitar o golpe. Turva-lhe a cara uma grossa faixa de sangue, descendo pela garganta e ensopando a camisa.

Outras garras atacam-no pelos lados, sugando-lhe o fôlego. Desesperado, o grito sai, única essência espremida daquele momento de dor. Banhado em um suor que parece vir de sua própria alma, ele desperta. Mesmo a atmosfera impessoal do escritório confere-lhe a mais agradável das recepções.

Sua mão, ainda trêmula, pega o telefone e digita condicionada pela rotina.

— Alô, como estamos? Já encontrou? E o tal engenheiro mecatrônico?

Werhel soava lacônico como um autômato, suava frio. O Gnogglog prejudicava-lhes a audição e seu interlocutor gritava feito um neurastênico.

— Sei, sei, Jonathan! Mais do que nunca, precisamos fazer funcionar nossa rede, não haverá momento mais propício do que este. Esta infindável barulheira felizmente teve papel fundamental nas negociações. Perturba-nos à exaustão mas, se não fosse ela, nem sei se obteríamos os recursos de que precisávamos. Sabe de uma coisa? Acho que o Gnogglog é o mensageiro de Deus, do novo Deus, da nova crença que reunirá nossas almas e mentes num só planeta de paz, fortuna e amor. Pena que Genoveva não tenha captado a importância do que estou fazendo.

Seu celular tocou no instante em que desligava o telefone de mesa. Alguém de sua equipe avisava-o de que o doutor José Lourenço estava incomunicável, havia sido chamado para integrar o octeto de cientistas responsáveis por encontrar e aniquilar o Gnogglog. O mesmo destino teria a doutora Genoveva Pavlinski. Nesta altura, estariam trabalhando em algum distante laboratório secreto.

Werhel pousou o fone, rendido. Ainda suava frio, fruto do pesadelo; ainda sentia soturnas ondas, arrepios que lhe subiam da bacia à nuca. Ligou seu computador e acessou o arquivo MENSAGEM DIVINA 1, depois de passar por uma seqüência de senhas. Seu peito insistia em falar, em exprimir toda a angústia que o dominava. Escreveu quase em transe:

"Está no medo toda a nossa fraqueza. Renunciamos à vastidão do conhecimento, preferimos abrigar nossas pobres mentes ajustando-as ao que já sabemos, combinando antigos padrões como quem troca os velhos móveis da sala para que ela pareça outra. Avançamos com as mãos e recuamos com os pés colados ao chão de nossa ignorância. É sempre o medo, medo de perdermos o que temos, medo de escorregarmos no limbo, medo de que nos seja arrancada a bússola, a falsa bússola que nos ilude fornecendo o norte... mas, haverá norte quando os caminhos são infinitos? Foi no medo, não no respeito, que nasceram as principais correntes religiosas. Mentes inescrupulosas e preconceituosas exacerbaram nossos instintos de sobrevivência, nossos mecanismos de defesa, transformando-os em instrumentos de dominação. Tememos um Deus do qual nem sequer conhecemos as vontades, estabelecemos padrões de comportamento e criamos rituais em que o medo nos faz implorar misericórdia. Refugiamo-nos na fé, fé num protetor convenientemente humanizado, pai de todos, que nos repreende ou enaltece, de acordo com virtudes ou falhas humanas demais para ser divinas. Não deveria ser assim."

A familiar pancadinha no ombro chamou sua atenção. Era sua secretária, que vinha lhe cobrar os papéis assinados. Werhel pôs-se a cumprir sua tarefa, distribuindo seu nome nas folhas num gestual frenético; ela afastou-se indiferente catando o maço da mesa e batendo a porta.

Werhel fez as contas e concluiu: em menos de um mês sua rede mundial de holo-defletores estaria pronta para emitir a primeira mensagem. Toda a Terra será abalada numa convulsão social só igualada em proporções pelo que aconteceu com o povo de Israel quando Moisés revelou as ordens do alto. A mensagem ecoaria também por todas as vias possíveis na internet, nas principais cadeias de rádio e TV, jornais e demais veículos de comunicação. A recente força opressora do Gnogglog tinha subjugado as ambições dos mais poderosos núcleos financeiros do planeta, abrindo espaço para a retórica refinada e altamente convincente de Werhel Joensberg.

Sim, nem as dez pragas do Egito, nem os mais terríveis tsunamis que enterrassem centenas de milhares em milhões de toneladas de escombros, atingiriam o poder de destruição do Gnogglog. Werhel estava convicto de que se tratava de reação cármica a todas as agressões causadas pelo homem à mãe natureza. Racismo, nazismo, propulsores da ganância, a mórbida compulsão humana pelo poder, haviam de se juntar, de alterar moléculas e células produzindo o mais sombrio réquiem que já se ouviu.

Ele teria sido o escolhido, o grande defensor. O equilíbrio de forças com que a lei universal se cumpre o teria conduzido para rechaçar o monstro, desferir o golpe fatal, preparando a humanidade para iniciar a construção da estrada em que cada um é pedra, cada um é parte do caminho através do caminhar.

Somente uma poderosa mensagem, a fala de Deus, demonstrando a necessidade de semear a paz, a solidariedade, poderia calar a voz do Gnogglog. Aquele pesadelo que quase o matou do coração fora mais um sinal, evidência incontestável de seu destino.

Werhel pensava em seus companheiros, nos oito cientistas que estariam dedicando a própria vida à mesma causa. Ele deveria avisá-los, apresentar-se como aliado, contar-lhes dos holo-defletores, do novo Deus...

Decidiu mobilizar todos os esforços em localizar a sede onde estariam instalados seus oito parceiros. Afinal, eles também poderiam contribuir com preciosas informações, dados talvez fundamentais aos seus propósitos.

Na tarde seguinte, Werhel Joensberg embarcava na primeira classe de um vôo para Sydney. Seus investigadores afirmavam que o laboratório estava localizado em algum lugar na distante e imensa Austrália. Já corria forte o boato de que o Gnogglog evoluiria até um estado considerado crítico, levando todo o planeta à total destruição e dizia-se que isso aconteceria mais ou menos nos próximos vinte dias. Por isso, as sete horas de vôo que o separavam de Sydney transformaram-se em dezoito angustiantes horas de turbulências e abruptas correções de rota.

A insanidade coletiva causada pela cada vez mais irritante voz do Gnogglog paralisara mais de 80% das atividades humanas, incluindo transportes e comunicações. Eram constantes os acidentes, distúrbios meteorológicos, até suicídios coletivos de grupos religiosos radicais, eventos que convulsionavam o mundo em diabólicas catástrofes.

Os que podiam resguardar-se fugiam do som em câmaras individuais anecóicas. Outros se drogavam ao delírio, renunciando à lucidez por alguns momentos de anestesia.

Nosso inimigo comum, o Gnogglog, prosseguia em sua fatídica ladainha, indiferente às conseqüências, infatigável, infiltrado até os ossos...

13

Os poucos astronautas que flutuavam ao redor da Terra tinham o singular privilégio de escapar dos efeitos nocivos do Gnogglog. Não estavam totalmente refratários, mas sentiam com muito menos intensidade e ouviam apenas 20% daquela terrível música. A vibração compartilhada por toda a matéria existente na Terra também atingia as estações, mas não prejudicava o desempenho dos instrumentos.

Faltavam seis dias para a penúltima expansão quando o laboratório recebeu a informação de que um asteróide estaria em curso de aproximação da Terra. Sua massa, cerca de um terço do nosso planeta, era composta de gases congelados e materiais inteiramente desconhecidos. Sua passagem não ofereceria perigo, mas chamou a atenção de todos, pois o ponto em que se aproximaria de nós seria atingido em dezenove dias, coincidindo com o grito mais alto do Gnogglog.

— Devemos acompanhar atentamente esse asteróide. De algum modo ele está relacionado com o inimigo.

— Concordo, general. Em circunstâncias normais, seria apenas mais um pedacinho de céu passando por cima da Terra pouco mais baixo do que a Lua. Causaria alguns transtornos atmosféricos, mas, na velocidade em que vem e com a pouca densidade que tem...

— O fato, doutor José Lourenço, é que sua chegada corresponde à última expansão do Gnogglog, com nossa aniquilação. Seremos alvo de alguma civilização alienígena? Teriam eles enviado o asteróide sincronizado ao Gnogglog?

— Duvido, general. Esses corpos celestes têm seu próprio jeito de viajar.

— Além disso, já sabemos que a linguagem oculta no ruído é humana, já podemos decodificar bons trechos da mensagem e, a meu ver, trata-se de discurso tirânico, fruto de alguma mente tomada pela paranóia de transmitir recados de Deus.

— Estava para sugerir justamente isto, Marjory, contarmos com um perfil psicológico do professor Werhel. Em momento oportuno, teremos de encontrá-lo e demovê-lo do que tem em mente.

— Penso que isso não será possível, Greta. Na verdade, estamos mesmo é numa situação em que nada poderemos fazer.

— Como assim?

Zelu debruçou-se, visivelmente cansado. Não queria ter chegado àquele ponto, mas sabia que era inevitável; teria de compartilhar suas conclusões mais hora menos hora.

— Bem, Greta, se estamos corretos, se o Gnogglog é mesmo fruto de algum evento futuro, se o eco produzido acontece ao contrário fazendo-nos experimentá-lo de diante para trás, não poderemos evitar os efeitos de um fato que ainda nem aconteceu e do qual mal sabemos a origem.

— Faz sentido... seria como enfrentar um inimigo que já nos atingiu, lutar com quem já se foi, ressuscitar baixas de guerra.

— Mas, general, o inimigo continua aqui, exercendo seu poder destruidor!

— Sim, doutora Gebara, mas ele tem razão. O tempo não pode ser simplesmente dobrado feito uma folha de papel para que retiremos algo que esteja em cima dela. Estamos sofrendo conseqüências de um fato ainda não ocorrido. Agora, vem a pior parte: se conseguirmos anular a fonte do Gnogglog, estaremos mudando os fatos, alterando a história a partir do ponto em que este pesadelo começou. Arriscamo-nos a repartir o mundo em duas dimensões temporais paralelas, causando uma hecatombe ainda maior. Poderemos criar um fenômeno de sucção capaz de abalar o equilíbrio do universo tal como o conhecemos.

As últimas palavras de Zelu brotaram como leite de pedras. Ele se remexia na cadeira, cabeça pendida para trás.

Genoveva assistia ao debate em suspensão, pensava em Werhel, sua brilhante fisionomia, o sorriso inteligente e com autênticas pitadas de bondade. Era, então, possível? Uma simples criatura movida por seus ideais e com recursos materiais disponíveis, promover tamanha confusão?

— Não tenho conhecimento científico suficiente para sustentar uma discussão técnica, mas me parece que, se alguém foi capaz de desenvolver instrumentos geradores deste eco, existe a chance de revertermos a situação. Temos aqui todos os recursos, o mais atualizado complexo de computadores e demais equipamentos e algumas das mais brilhantes mentes vivas. Acharemos um jeito.

— É isso que as suas religiões lhe ensinam? Gostaria de ser tão otimista quanto você. Mas nosso maníaco fabricante de Deus teve uma ajudazinha externa com a qual não vamos contar: um distante asteróide feito de não sabemos o quê!

Sombrio silêncio envolveu-os depois da fala do general. Suas telas, então, se iluminaram: mais uma parte do texto decodificado do Gnogglog surgiu-lhes ao mesmo tempo: "Não quero seu temor, não preciso de sua submissão. Minha alma se expande em seu amor, sou minha própria criação".

Como as palavras eram traduzidas em todas as línguas conhecidas e se referiam a conceitos metafóricos, havia momentos em que seu significado se alterava dependendo da língua em que fossem lidas.

— E se a gente buscasse compreender o que esse Deus quer dizer, considerando os estudos de Genoveva? Não é verdade que ela elaborou um relatório a respeito do que pesquisou?

— Nosso problema é tempo, Rosalba, seria um tiro no escuro. Mas, quem sabe com a ajuda de Marjory, Genoveva possa chegar a algum lugar.

Greta sacudiu os ombros e calou-se. Os demais davam com seus gestos claros sinais de exaustão: esfregavamse os olhos garimpando luz, faziam-se rápidas massagens nas frontes, querendo organizar idéias. Foi quando Matheus quebrou a calmaria forçada:

— Estamos registrando gradativas alterações no eixo gravitacional da Terra. Acontecem numa ascendente exponencial, começaram muito pequenas, por isso não as detectamos antes.

— Privilégio de quem está aí em cima, Matheus. Nossos instrumentos já estão por demais contaminados pelo Gnogglog para enxergarem algo.

— Sei, Jamiro, mas o pior de tudo é o que isso pode nos causar. Parecemos nos distanciar de vocês aos poucos.

— Há também certas interferências com as quais não contávamos, obrigando-nos a realinhar nossos sinais.

Os olhos de Greta se comprimiram contra a tela; sua boca fechou-se sufocando o soluço inoportuno. Morrer ao lado de seu Matheus seria menos terrível do que vê-lo se afastando para sempre, jogado no espaço sem fim...

Transtornada ao seu limite, ela escancarou a porta de sua câmara expondo-se ao incansável burburinho do Gnogglog; seu choro convulso fazia desesperado contraponto, penetrando feito mil agulhas no peito dos companheiros.

— Matheus, volte rápido, não há muito mais que você possa fazer.

— Há, sim, Greta. Daqui posso ver e registrar eventos que vocês não podem detectar, acessar dados importantes. No mais, se vamos todos morrer... Melhor será tentarmos o que pudermos, não acha?

14

Silêncio? Como? Uma absurda onda de serenidade tomava-lhe corpo e mente. Não era a privação dos sentidos que o sono permite, não era a letargia promovida por algum estado alucinógeno. Mais profundo, mais intenso, era total leveza, abandono dos pés à cabeça, flutuação em suave brisa, como se atirar ao infinito...

Rosalba não queria acreditar, não podia acreditar... Tentou olhar em volta, mas suas pálpebras rolavam aleatoriamente. E o Gnogglog? E os outros? Era tudo tão maravilhosamente sem sentido!

Desfolhando-se à sua frente, numa seqüência tão rápida quanto nítida, cartazes tridimensionais exibiam cenas de sua infância, brilhantes tardes postadas na janela de seu pequeno apartamento, rostos de parentes distantes, acenos de um querido ex-namorado... Cartazes vivos, flagrantes desordenados de sua vida.

Impossível saber quanto tempo isto durou, talvez dias, talvez minutos... Rosalba sabia, de alguma maneira ela sabia que teria de renunciar a tudo isso e voltar ao diminuto inferno de sua câmara, à terra do terror, à teia vibratório-sonora do Gnogglog. Precisavam dela, sentia-se culpada por desfrutar de tais instantes de alívio.

Murmúrios ao longe fisgaram sua atenção. Vozes conhecidas, embaralhadas, chamavam-na pelo nome. Agora, dentro de uma lata de paredes geladas, ela sente o corpo, duas mãos firmes parecem torcê-lo a partir do peito em direções opostas. Aquele profundo silêncio, a imensurável paz que a dominava, perdiam espaço, roubavam seu fôlego.

Rosalba percebeu a morte iminente. Nem teve tempo de assumir a consciência depois de um cochilo tirado em frente à sua tela; numa tosse convulsa o ar lhe faltou e suas entranhas, apunhaladas, levaram-na a desfalecer de dor. Aí veio a quietude... lançada ao nada, ela flutuou sem as amarras do físico.

— Estão tentando me resgatar, me salvar dessa morte para que outra me mate.

O tenebroso som já lhe retorna vibrando em suas células, um vigoroso abalo no peito busca restituir seu pulso. É a voz de Marjory, em gritos aflitos, que a sustenta acordada, viva:

— Lute, Rosalba, ainda há muito que fazer aqui.

Era incrível. Rosalba sentia-se tão lúcida, entre júbilo e angústia, sabia que era dona de seu destino. Poder se abandonar, se entregar sem resistir, se livrar do Gnogglog, vencer por não lutar mais...

— Ela não reage, doutora.

— Chegue para lá, Genoveva. Vamos tentar de novo.

O apelo de vida arranca seus pés do pódio. Rosalba recebe o outro choque mergulhando em desesperada perplexidade. Sempre defendera a vida, fossem quais fossem as circunstâncias ou situações que a aviltassem. Agora, curiosamente, queria matar-se, desistir do mais precioso prêmio oferecido pela natureza. E se estivesse com ela a solução daquele enigma? Se com ela morresse a única esperança de salvação do mundo?

— Assim, assim, Rosalbinha, respire, tente, reaja!

DESDE A PRIMEIRA EXPANSÃO NOTÁVEL do Gnogglog, muitos casos de pacientes cardíacos haviam sido noticiados. As freqüências incluídas no som abalavam consideravelmente a região peitoral e os que tivessem tendência a perturbações do coração...

Foi com assustador impulso intuitivo que Genoveva entreabriu a porta de sua câmara deparando-se com o corpo quase inerte de Rosalba estirado, metade para fora do cubículo. Os oito cientistas foram escolhidos levando-se em conta sua saúde física e mental. A fisioterapia de Zelu fora tolerada por ser ele um expoente em sua matéria e por não se tratar de fato de problema que o pusesse em risco de vida. Ninguém imaginava que Rosalba, a mais jovem do grupo, tivesse alguma disfunção grave.

TÃO INTENSA QUANTO A BATALHA TRAVADA entre seus companheiros e a morte, o conflito de Rosalba persistia. A paz atemporal, o silêncio confortante, tudo isso atraía seus sentidos, prenunciando um prazer dos deuses, enquanto seus instintos, o amor pela Terra, pela vida, a puxavam de volta. Não haveria juiz para absolvê-la ou condená-la. Se morresse, assumiria o descontrole sem retorno – ao contrário, se buscasse viver, estaria condenada ao desespero com pouca chance de vitória.

— Ela luta para não morrer, mas não quer mais viver.

Marjory a encara descrente:

— Como sabe disso, Genoveva?

— Nos olhos revirados, na cara retorcida, seus pulmões empurram-na a respirar, mas de repente ela se larga à agonia. Agora, escute, menina, reconhece ainda minha voz? Sou a doutora Genoveva. Precisamos de você, precisamos mudar este presente que vem do futuro para que o futuro se faça do presente.

— Isto não é hora de filosofia. Que conversa é essa?

— Quero chamar a atenção dela, ocupar sua mente, sua consciência precisa recuperar o autodomínio.

— Ainda não podemos erguê-la e transportá-la para a UTI. Sua condição continua crítica.

— Já requisitei um helicóptero, Greta. Estarão aqui em oito minutos.

— Está bem, general, alguém deverá acompanhá-la.

— Algum de nós?

— Claro que sim.

— Não concordo. O que poderemos fazer por ela?

— General, ela é uma de nós; isso não basta?

— Estamos empenhados em uma missão na qual cada um é fundamental. Deslocar mais um em função de outro?

A discussão pareceu ter trazido Rosalba de volta. Os dois, exaltados, gritavam perfurando o Gnogglog. Agitada, a moça passou a responder aos medicamentos e massagens cardíacas.

— Se me permitem, acho que ela deveria ser recolocada na câmara. É o máximo de isolamento que podemos conseguir. Lá, as freqüências não a atingirão tanto.

Virando com dificuldade a cabeça, Rosalba deu a entender que concordava com Zelu. Já se podia ouvir o helicóptero se aproximando do laboratório. Decidiram montar uma UTI dentro de sua câmara, em vez de transportá-la para o hospital mais próximo.

Rosalba foi acomodada e medicada. Sua condição, embora grave, era estável. Contudo, o cardiologista Jonathan Breninger não demonstrava nenhum sinal de tranqüilidade. Abordado por Genoveva, limitou-se a dizer:

— Estamos apenas mantendo-a viva. O coração não apresenta mais condições de funcionar satisfatoriamente. Poderá viver por mais algumas horas ou dias.

Corpo roliço, olhos afiados e boca árida da qual nenhuma sombra de sorriso surgira, o doutor Breninger embarcou no helicóptero e decolou rufando as hélices, tornando ainda mais sombria a música eterna do Gnogglog.

15

Todos os esforços investigativos possíveis, todas as informações que o dinheiro pudesse comprar nestes tempos tortuosos, e nada. Werhel não conseguira desvendar o paradeiro da equipe científica. Instalado num majestoso hotel nos arredores de Sydney, gerenciava o batalhão de detetives e jornalistas que contratara.

— Não, não, nada disso, Juliet, não posso anunciar publicamente que preciso encontrá-los; chamaria demais a atenção. Como eu explicaria meu súbito interesse por eles? Certamente me julgariam mais um afoito teórico buscando decifrar o Gnogglog. A última coisa de que precisamos agora é de outra teoria absurda. Mais do que nunca prevalece minha convicção: por mais estapafúrdia que seja a teoria, haverá sempre fatos que a tornem possível e alguém que a corrobore.

Werhel se lembrava muito bem da reunião com alguns dos senhores dos maiores impérios internacionais de comunicações. Os soturnos efeitos do Gnogglog já duravam algumas semanas e a raça humana, enredada por aqueles sinistros sons e vibrações, errava atônita em crescente angústia. Diante de rostos tão inamistosos, secos, saltados de gargantas engravatadas, o professor Werhel Joensberg teve de usar de todo o seu talento em persuadir:

— Uma grande idéia hoje é muito mais do que idéia. Dispomos de garras afiadas, explodimos montanhas por controle remoto. Mensagens, fórmulas, vaticínios, podem ser compartilhados ao mesmo tempo por bilhões... O poder criador conta com atributos jamais sonhados por qualquer semideus grego ou egípcio, estamos nas mãos dos que se informam e criam. A pergunta é: nossa capacidade de destruir é igual à nossa capacidade de construir? Serão nossas armas tão poderosas quanto nossas sementes? Será que usamos tanta criatividade em mecanismos de proteção e conquista quanto a usamos em prol de uma convivência mais solidária? Somos vítimas do mais estranho fenômeno de que se tem notícia, insistentemente abalados por esta força vibratório-sonora vinda de não sabemos onde. Pois eu lhes digo que tal força bem pode ter sido gerada por nós mesmos, numa aglomeração desordenada de eventos simultâneos, cadeia de reações em cadeia, por assim dizer. Projetamos imagens, enviamos e recebemos mensagens, um crescente ebulir de fatos e reflexos vagam pelas teias virtuais. Há momentos em que a realidade virtual se torna mais presente do que a concreta!... Assim, proponho uma iniciativa que aglutine crenças, um poderosíssimo agente catalisador da fé humana nestes dias de Gnogglog. Temos a oportunidade, os motivos e as ferramentas ou meios. Quero lhes apresentar o que eu chamaria sem nenhuma pretensão de arauto da era de Aquarius: um inovador sistema de transmissão e recepção de dados, sons e imagens. Cada unidade se compõe do que chamamos de célula holográfica, um conjunto de componentes capaz de transmitir e receber os sons e imagens que lhe chegam. Espalhados pela Terra, os holo-defletores poderão atingir tamanho grau de eficiência que talvez possam inclusive nos abstrair do próprio Gnogglog, alterando nossos mecanismos de atenção e assimilação, trazendo eventos mais expressivos do que esta monótona cantilena.

Werhel tinha trabalhado à exaustão nesse discurso, poderia repeti-lo de cor até dormindo. Seu ideal ganhara força e motivação à medida que não se encontrava saída racional possível daquela barulheira. O sonho que tivera antes de embarcar para a Austrália constituíra-se na sua bandeira, mensagem final indicativa de que ele estava certo. No íntimo, reverberava a angustiante sensação de cumplicidade; sim, ele se sabia cúmplice, co-autor daquela música terrível. Por isso, ele não admitia que soubessem de sua busca aos oito cientistas. Queria explicar-lhes pessoalmente o que aconteceria em alguns dias, adverti-los das prováveis conseqüências de sua realização.

Na madrugada gelada da antevéspera do segundo pico do Gnogglog, ele partiu do hotel em segredo. Prosseguiria com as buscas, mas ninguém deveria saber quem seria o autor dos próximos acontecimentos.

Se ele tivesse consciência de que em dois dias a Terra sofreria mais um doloroso golpe, que todos padeceriam ainda mais com o Gnogglog...

A equipe científica tentou entrar em contato com o professor Joensberg. Souberam dele até a noite em que deixou o hotel, daí, ocupados que estavam com a iminente expansão, se limitavam a solicitar apoio da Interpol ou FBI.

O baixo moral do grupo causado também pelo repentino ataque cardíaco de Rosalba, além da perda de sinal da estação espacial onde Matheus estava, prejudicavam a procura atraindo a atenção deles para fatos imponderáveis.

A doutora Underson fora incumbida de traçar um perfil, o mais amplo possível, de Werhel Joensberg, assim como reunir informações que pudessem ajudar a perscrutar-lhe a mente, atalhar-lhe os argumentos.

Ninguém mais discordava: o Gnogglog era fruto da mensagem de Werhel, do discurso com que ele apresentaria seu Deus à humanidade. Algo, talvez o tal asteróide, ao se aproximar, tenha decomposto o sinal rebatendo-o, tornando-o reiterativo, espalhando-o numa chuva subatômica que se combinaria e se desfaria em correntes de Taquiums, partículas capazes de se deslocarem em velocidade superior à da luz. Ao serem reabsorvidos pela gravidade terrestre, os Taquiums andaram em marcha a ré, banhando a matéria existente sem deixar de vibrar e soar. Cada fragmento traduzido poderia, então, reagrupar feixes de Taquiums desfazendo pelo menos alguns nós nas imensas cadeias do Gnogglog; mas seria necessário retransmitir os trechos traduzidos utilizando o mesmo processo de transmissão que foi, ou melhor, que será utilizado por Werhel.

Por outro lado, tais informações jamais poderiam chegar até ele. Qualquer alteração na história dividiria o tempo em dois fluxos promovendo conseqüências possíveis de ser imaginadas somente em obras de ficção científica.

Todas essas complexas hipóteses eram formuladas debaixo do gritante e impiedoso ruído, imersas na constante e cruel vibração. Era, sem dúvida, a teoria mais próxima que já se pudera obter, mas ninguém tinha certeza de nada. A histeria coletiva já provocava suicídio em massa, trágicos acidentes, desespero generalizado e ainda estávamos na véspera da segunda expansão.

Muito além de exaustos, os seis cientistas restantes procuravam espremer o cérebro, levar seu equilíbrio emocional ao extremo dos extremos. Fazia mais de cinco horas que não tinham contato com a estação espacial onde Matheus se instalara, e Rosalba esperava o fim, condenada por incurável disfunção cardíaca.

Imperioso seria desenvolver algum tipo de reação, algo que pudesse neutralizar ao menos parcialmente o poder do penúltimo abalo. Eles sabiam... o som, a vibração, se tornariam insuportáveis, obrigando-os, e ao resto da humanidade, a aguardar passivamente a aniquilação.

Eles compreendiam também que, acima de tudo, a história deveria seguir seu curso natural: o professor Joensberg faria o que fará e os ecos do amanhã se precipitariam na mão inversa do tempo, castigando a Terra com o Gnogglog. Mais uma vez, e desta vez valendo-se de tecnologia aplicada ao egocentrismo, o homem cavara sua inevitável sepultura. Inevitável?

16

"Oi, Gre! Não sei se você vai receber este e-mail. Acho que estou escrevendo mais pra mim do que pra você. Os instrumentos da estação me permitem observar a Terra se virando, como alguém que muda de posição para se bronzear onde ainda não tomou sol. Você não imagina! Nosso planeta parece um grão de areia na imensa praia do céu...

Bem, estamos nos afastando de novo, agora não é por causa de estudos ou diferentes expedições na África ou Antártida. Nesses casos, sabíamos quanto tempo ficaríamos distantes e até nos dava prazer sentir saudade.

A ciência consiste em tocar o desconhecido sem luvas, compreendê-lo transformando-o em informação utilizável, evento controlável, perfeita associação de causa e efeito. Isso quer dizer, na maioria das vezes, lidar perigosamente com a vida, ousar, questionar a realidade nos pontos em que não a entendemos.

Ontem, fiquei por alguns minutos acompanhando corpos celestes boiando no espaço, envoltos em suprema quietude, girando manipulados por imensas e invisíveis mãos... Somos bilhões de criaturas aflitas, nascendo, vivendo e morrendo num único planetinha, sabedores de menos de 1% de nossa origem ou destino. Por que será que nos damos o privilégio de supor que somos a única raça inteligente presente no universo? Seremos tão especiais assim?

Os recentes cálculos e estimativas apontam um fenômeno parte causado pelo homem, parte por um estranho asteróide, parceiro por certo inconsciente do estrago que nos fará. O fato é que, se não agíssemos contra nossa própria natureza, esse pequeno pedaço de estrela passaria por nós sem causar nenhum dano significativo.

A tirânica idéia de alguém, somada à insaciável ganância de alguns, permitiu que o cosmos, na presença de um emissário asteróide, nos fizesse vítimas de nossa fatídica ingenuidade. Aí o futuro se retrai, trazendo esse presente grego, de sombrios e mortais ecos do amanhã.

Pois bem, quero juntar-me aos ecos, que meus bits esbarrem nas estrelas, rebrilhem e soem nos infinitos cantos das galáxias: eu te amo, amo, amo...

Daqui, parece que a Terra está mudando de eixo. Quando tentamos restabelecer o ciclo no qual giro em volta dela, perdemos a referência. Pode ser efeito do Gnogglog nos instrumentos, provocando reflexos distorcidos, ou pode ser um gradativo desvio de eixo produzido pela constante vibração desordenada da matéria. A partir da primeira expansão detectada, já não podemos mais garantir sequer nossa própria sanidade. Dá até para imaginar o estado crítico que os tripulantes das frágeis caravelas atingiam durante as longas jornadas no mar.

Nem que juntássemos todos os vilões já criados na ficção científica, fazendo-os atacar a Terra em bloco, chegaríamos a tamanho grau de pânico.

Diante do que tiver de ser enfrentado, diante do sofrimento aterrorizante que nos aguarda, grande parte de mim repousará em saber-me amado por você. Não deixe a dor, por maior que seja, privá-la da paz do meu amor.

Entre as lembranças que anestesiam minha alma e aliviam a mente das primais questões atuais, nosso último amanhecer floresce atiçando meu tesão e reacendendo a paixão. Já pensou se você estiver grávida? Queríamos tanto um filho, mas agora?...

Por diversas vezes imaginei sua barriguinha crescendo, a gente preparando tudo para acolher outro serzinho com as melhores boas-vindas, sonhávamos juntos até que este pesadelo nos acordou.

Vou precisar parar aqui, temos de decidir se faremos uma manobra de aproximação para tentar compensar os desvios e recuperar nossa posição. As respostas que temos daí não são nada animadoras, os instrumentos nos enviam dados confusos e não posso calcular o que precisamos a olho nu.

Nem posso imaginar quais são as minhas chances... se perder de vez a órbita, mergulharei no espaço sem fim e só terei condições de sobreviver uns poucos dias. Posso também arriscar voltar, mas o ângulo de reentrada na atmosfera exige cálculos daí e daqui, coisa que não estou habilitado a fazer. Então..."

DEPOIS DESSA MENSAGEM, APENAS MAIS três e-mails técnicos chegaram ao laboratório. Todas as formas de comunicação resultaram inúteis nas cinqüenta horas que precediam a segunda expansão.

Repartida entre a inevitável perda e a primal necessidade de lutar por sua própria vida, Greta tentava manter os olhos marejados arregalados para que não se encolhessem derretidos em amargura. Embora toda a atenção e energia se concentrassem no Gnogglog, Genoveva procurou ajudá-la:

— Não sei se haverá ainda crença que resista ao Gnogglog. Tudo que aprendi me fez concluir: das tribos mais primitivas aos mais sofisticados modelos sociais, precisamos de Deus. Poderemos colocá-lo em nossos ideais de perfeição, na figura de um pai complacente mas rigoroso, num espírito inalcançável, no supremo mestre de todos os destinos, o fato é que nossa pobre existência não encontraria motivo senão na transcendência. Necessitamos ter o que buscar além das ilusões terrenas, para lá dos sonhos de consumo, integrarmo-nos ao todo, esse todo infinitamente maior do que nós.

— Então, as mortes de Rosalba e Matheus já estavam escritas, Genoveva?

— A meu ver, nossas histórias nos prepararam, nos juntaram e nos trouxeram até aqui; passamos por diversos filtros, seleções que acabaram por nos entrelaçar neste grupo, única esperança na erradicação do Gnogglog. Werhel nos colocou diante de nossa real condição, crianças despreparadas inventando e brincando com engenhos de imenso poder mortal. Ele queria criar um Deus representativo do que não pode ser representado; seus planos incluíam forjar milagres, afortunar seguidores, iludir-nos para que soubéssemos a verdade, a verdade dele. Estamos agora em guerra contra o futuro, postos em xeque pelo que ainda nem fizemos, seis guerreiros empurrados para o front com a única missão de vencer ou toda a Terra será arrasada. Não é hora, portanto, de pensar egoisticamente, de nos determos em crises de autopiedade ou lamentar fatos inevitáveis.

— Mas somos humanos acima de tudo. Você exige que...

— O mundo exige, não sou eu. Tenho certeza de que Matheus encontrará a paz sabendo que não se foi em vão.

Na verdade, Genoveva Pavlinski não estava tão certa do que dizia quanto queria parecer. Permeava-a a inexorável culpa de ter participado de maneira tão decisiva daquela terrível situação.

17

SUELEN VASQUEZ ADQUIRIRA RAPIDAMENTE A fama de irreverente catadora de notícias. Hispano-holandesa, 41 anos, olhos tão vivos quanto esmeraldas pulsantes, adornados por cabelos longos e cacheados, exibia irresistível sorriso, não bastasse o corpo maduro e provocante.

De pé junto ao balcão da alfândega, seria a próxima atendida. Esperar... Coisa terrível de fazer nestes dias ruidosos. O Gnogglog ocupava brutal espaço em qualquer fila, alimentando a impaciência, perseguindo pensamentos e sensações.

Suelen tinha muitos e bons motivos para ter pressa. Fora contratada a peso de ouro para desvendar o paradeiro do tão falado grupo de cientistas incumbidos de dar fim àquele vibrar sonoro. Desta vez, porém, não seria para vender a informação a algum famoso periódico, ela teria de passá-la simples e unicamente a uma pessoa: o professor Werhel Joensberg.

Logo que saiu do aeroporto ouviu, como tinha sido previamente combinado, seu celular:

— Sim, professor, onde poderemos nos encontrar?

Foi-lhe indicado que tomasse um táxi e seguisse até certa estação ferroviária. No guarda-volumes número 104, encontraria um mapa. Deveria, então, alugar um carro e seguir as instruções. Por mais de quatro horas ela dirigiu por estradas secundárias até uma aglomeração de pequenos morros que se erguiam e se deitavam suavemente ao pôr-do-sol. À porta de uma modesta cabana, ele a aguardava, braços estendidos ao longo do corpo, absorto na paisagem.

— Bem, aqui estamos. Só não entendo por que tanto segredo quanto ao seu paradeiro. — Suelen disse enquanto descia do carro.

— Minhas fontes afirmaram que, se alguém pode me dar o que procuro, esse alguém é você. Em troca, além do pagamento acertado, pretendo dar-lhe o maior furo de toda a história da humanidade, então você entenderá. Bom, ao telefone, antes de embarcar, você me disse que já tinha algo para mim. O que é?

— Quando você me contatou, eu já tinha decidido investigar por conta própria a localização dos oito caras. É fato que, quando eles querem, ninguém fica sabendo de merda nenhuma. Mas, quando eu quero, sigo caminhos inusitados e, bingo!, acabo desvendando o que me interessa. Como jamais permito que minha imagem seja vinculada ao que descubro, posso me aproximar de quem quer que seja sem ser reconhecida. Assim, acabei tendo um caso com o co-piloto de certo jatinho...

— Quer dizer, com o co-piloto que transportou os oito?

— Exato. Ele me revelou, entre duas garrafas de vinho, de onde decolou e onde pousou.

Entraram para tomar chá e localizar os pontos no mapa da Austrália. Fizeram acertos em seguida para, na manhã seguinte, partirem rumo ao local onde o jatinho pousara.

A primavera derramava raios incrivelmente brilhantes no verdor do mato baixo aos pés dos morros. Eles partiram no carro alugado por Suelen e rapidamente se perderam na paisagem da manhã recente. Tinham mais de oito horas por percorrer e não sabiam o que os aguardava, alheios à iminente segunda expansão do Gnogglog.

A viagem transcorrera quase toda em silêncio. Era terrivelmente incômodo falar com o carro em movimento e a eterna vibração ressoando por todo o corpo. Desde a primeira expansão, as pessoas haviam adquirido o hábito de não falar, especialmente ao ar livre ou em trânsito.

Pela estrada, os tons primaveris pintavam a vegetação, frustrada tentativa da natureza de alegrar as vacas e cabras, bandos lânguidos desfilando em câmera lenta.

Pelo meio da tarde, famintos e tensos, Suelen e Werhel se aproximaram de uma base aérea deslocada do arvoredo que ladeava o caminho.

— Acho melhor parar aqui e seguir a pé, professor.

— Você vai primeiro, fico por aqui. Uma mulher perdida neste fim de mundo será com certeza mais eficiente sozinha.

Assumindo seu olhar ingênuo, confuso, mas agudo e bisbilhoteiro, ela avança lentamente até a guarita onde estão dois guardas uniformizados.

— Ai, meu Deus, ainda bem que os encontrei. Estou vagando há horas tentando me localizar.

— Aonde é que a senhora quer ir?

O mais jovem adianta-se, solícito.

— Quero voltar à civilização, querido. Acontece que estou sem gasolina, me perdi faz mais de duas horas...

O outro, mais cauteloso, coça o boné; pega o rádio e pede instruções enquanto o primeiro a examina, movendo a cabeça de forma curiosa.

— A senhora está só?

Ela encara o rapaz esfregando-o com o olhar de cima para baixo.

— Em companhia de mim mesma, sim.

Os guardas trocam rápidas frases e decidem: o mais jovem a acompanharia até o carro. Oculto por uma árvore, Werhel pôde vê-los chegar à frente do veículo.

— Acho que o motor aqueceu demais. Pode me ajudar a abrir o capô?

Vistos assim de longe, eles bem pareciam estranhos atores, gesticulando e falando aos gritos por causa da intensa vibração, do constante e sombrio som. Werhel, então, resolve que é o momento de se apresentar. O impacto da abordagem abriria caminho para convencer o guarda da seriedade de suas intenções. Tocando o ombro do rapaz, ele diz:

— Desculpe este nosso joguinho, filho, precisamos ser discretos. Sou o professor Werhel Joensberg e ela é minha assistente, Suelen Vasquez, pode checar nossa documentação depois. Temos a maior urgência em falar com seus superiores, poderia nos conduzir até eles?

O susto, a presença daquele senhor de rosto absolutamente confiável, fizeram no jovem o efeito inicial desejado. Viver há mais de três meses num estado só imaginável em histórias de realismo fantástico, desloca consideravelmente o censo de realidade de qualquer um. Assim, seguido pelos dois, o rapaz volta à base e, através do comunicador, conta sua história ao sargento Conrad Jasper.

Levados ao centro de controle, Suelen e Werhel são entrevistados por Jasper, que os leva ao coronel James Deevan. Werhel exibe seus diplomas de história, filosofia e filologia, papéis que o credenciam a falar:

— Coronel, estou à frente de um projeto iniciado antes deste terrível fenômeno do Gnogglog. Não lhe posso revelar detalhes, mas garanto que se trata de algo que mereceria a atenção dos oito cientistas escolhidos para cuidar deste monstruoso inimigo. Tudo que peço é a oportunidade de comunicar-me com a doutora Genoveva Pavlinski; sei que ela faz parte do grupo e estou certo de que ela saberá receber-me com a gravidade que a situação indica.

Testa franzida por bizarro bordado, Deevan nem piscava. De repente, com a astúcia que o fizera coronel em curta e fulminante carreira, olhou para Suelen:

— E ela? Sua assistente? Duvido. Não tem absolutamente cara de cientista. Parece-me investigadora, detetive... não sei.

— Contratei-a para ajudar-me a chegar até aqui. Sua formação jornalística é insuperável.

— Sendo assim, ela fica restrita a esta sala. O senhor, faça o favor de me acompanhar. Vou conduzi-lo ao general Lintch. O que ele decidir estará decidido.

18

DEZESSEIS HORAS SEPARAVAM A HUMANIDADE do penúltimo passo, da penúltima nota na escala destruidora do Gnogglog. Todas as tentativas esgotadas, cogitava-se agora dar conta ao mundo de seu supostamente inevitável destino.

Ninguém, além dos seis cientistas emparedados naquele distante laboratório, sabia das catastróficas conseqüências previstas. Seria hora de comunicar aos governos? Anunciar o fim? Permitir a cada um o direito de morrer à sua maneira?

Revestidos de toda a lucidez possível, eles se reuniram, desta vez fora de suas câmaras, novamente expostos ao mortífero vibrar sonoro, obrigados a gritar para se fazerem entender.

Fora do general Koan a idéia da reunião nesses termos. Em sua visão de estrategista, tais decisões deveriam ser tomadas sob toda a pressão para que abrangessem mais profundamente o conflito.

— De nada adiantará fugirmos, nos encerrarmos em ambiente especial, resguardar nossas mentes e corpos do pior. O que decidirmos aqui dirá respeito a cada ser humano vivo. De minha parte, voto por esclarecermos tudo da maneira mais detalhada que pudermos. Não é mais hora de segredos.

— Concordo com o general.

— Marjory, você e ele estão se esquecendo do estado caótico em que todos poderão mergulhar.

— Olha, doutor Lourenço, no ponto em que estamos, conscientizar dará pelo menos um rumo às especulações, as pessoas saberão em que estão se metendo.

— Sim, general, mas e o professor Werhel?

Os olhos amendoados do vietnamita voltam-se inquisidores para Zelu. Ele e Marjory precipitam-se em argumentos semelhantes, admitindo que Werhel poderia reagir de maneira inesperadamente positiva, alterando a história em favor da Terra. Jamiro então resolve interferir:

— Senhores, o jogo está no fim e estamos perdendo. Matematicamente falando, nossas chances são de uma em quase duas mil de chegarmos a bom termo. Ainda temos de contar com a influência externa do nosso amigo asteróide. Por que não deixar que o acaso tenha lugar nesta luta?

— Está bem, vamos votar. Se der empate, decidiremos na moedinha.

— Sabemos de sua perda, Greta, mas não é hora de ironias.

— Não se trata de ironia, Marjory, já que o acaso foi citado...

Erguendo-se da cadeira, Genoveva interpõe-se, demonstrando a natural imponência de sua personalidade:

— De todos nós, sou a que conhece melhor o professor Joensberg. Sei de suas convicções materialistas dialéticas.

— Mas ele não era um religioso, fanático por Deus?

— De jeito nenhum, Greta. Por não acreditar em nenhum Deus é que ele queria criar um.

— Parem com essa discussão inútil, que estupidez! Quem quer saber das convicções desse doido varrido?

— Mas, doutor Lourenço, foram tais convicções que nos jogaram nesta caldeira infernal. De alguma maneira teremos de nos defrontar com o professor Werhel, será inevitável, já que iremos até o fim em nossa luta. Isso se representarmos uma força antagonicamente igual à do adversário.

— General, o senhor está prevendo um encontro entre nós e ele?

— Digo que ele está à nossa procura, digo que ele quer nos contar de seu intento, digo que, se ele acredita no Deus que criou como solução para os conflitos humanos, já está tomado pelo despotismo necessário para crer-se capaz de eliminar até o Gnogglog. Não acha, doutora Underson?

— Passei algum tempo analisando o perfil dele através de seus livros. Suas idéias são coerentes, mas detém contradições, coisa própria da raça humana. Basicamente, ele crê que avançamos demais no manejo da matéria e atrofiamos, anestesiamos nossa sensibilidade. A ganância nos levou a progredir e tivemos de nos proteger das dores que causamos e sofremos nas guerras por conquistas ou na exploração do outro. Mentimos uns para os outros buscando a felicidade, quando esta só se encontraria na sinceridade.

— Sei, aí ele quer criar um Deus que diga a verdade a todos?

— Mais ou menos isso, doutor Jamiro. Werhel quer usar a tecnologia para nos afastar dela, pelo menos como instrumento de destruição dos reais valores humanos: solidariedade, sabedoria e serenidade. Para ele, o progresso tecnológico deu poderes ao ser humano com os quais ele não está preparado para lidar.

Houve um coincidente silêncio, daqueles em que todos param de falar ao mesmo tempo. Por quase um minuto só se ouvia o inevitável canto do Gnogglog. Agora, a bulha lembra milhares de antigos discos de vinil girando ao contrário em diferentes rotações. Vozes enlatadas, objetos metálicos chocando-se, tudo vibrando desordenadamente em cada molécula, cada célula. Foi a voz de Greta a primeira a quebrar o lacre das bocas:

— Gostaria de acreditar no céu. Queria mesmo crer num paraíso para onde Matheus fosse conduzido. Daqui a algumas horas seremos resgatados deste pesadelo para outro ainda bem maior...

Genoveva adianta-se novamente propondo:

— Posso ensinar-lhes o mais antigo mantra conhecido. A gente poderia cantá-lo por alguns minutos, talvez ajudasse em nossa decisão. Esse mantra vem de um tempo em que a ciência era filha da profunda sabedoria, não do tecnicismo. Curas e iluminações lhe são atribuídas, recitá-lo acalmava as feras, fazia florescer as plantas, serenava os loucos.

— Mas, até onde eu sei, esses mantras têm de ser cantados do jeito certo, nas notas e inflexões corretas para que produzam os mágicos efeitos. Matematicamente...

— Doutor Cabrera, mantras são entoados por seres humanos. É de se esperar que se alterem de acordo com quem os canta. Emiti-los é o que importa; claro que as palavras ou sons devem ser os mesmos, mas sua eficácia só depende de serem emitidos. Gostaria que todos cantássemos este, é um mantra hindu que faz parte dos mais antigos achados. Vamos?

Talvez pela insanidade, fruto do cansaço e do contínuo ataque do Gnogglog, talvez pela eficiência do mantra, pela esperança de algum alento, cantar a plenos pulmões aquelas estranhas palavras trouxe ao grupo inesperado e incontestável alívio. Houve até quem sentisse certa diminuição da soturna música. Um por um, vão parando de cantar; os olhares se cruzam, respirações mais lentas e profundas. Genoveva ainda tenta reacender as vozes, mas é detida por Koan:

— Hora de votar. Acho que não temos mais tempo para recreação. Bem, todos já sabem qual é o meu voto.

Marjory e Jamiro votaram de acordo com o general. Greta, Zelu e Genoveva votaram contra.

— Viu, vai ter de ser na moedinha.

— Uma decisão dessas não pode ser tomada pelo acaso, Greta. Vamos adotar algum outro critério, de preferência, matemático.

Jamiro puxa uma caneta do bolso enquanto conclui sua frase. É quando Koan desperta a perplexidade em todos os rostos:

— Temos mais alguém que deveria votar, falo de Rosalba. Ela ainda está viva, não está?

— De fato, general Koan, ninguém nos deu mais notícia alguma desde quando ela foi internada. Isso quer dizer...

— Seu estado deve ser no mínimo estável, Marjory. Assim, poderíamos procurar falar com ela, avaliar se tem condições de participar da votação. Ela daria o voto de Minerva.

Os outros acenaram descompassadamente as cabeças em acordo com Naylim Koan.

19

Transitando entre o diabólico ambiente dominado pelo Gnogglog e o limbo atemporal fronteiriço da morte, Rosalba tinha, em resvalos de consciência, vaga idéia de ter sido levada a algum outro lugar que não o laboratório.

Hora ou outra, sentia picadas nas partes internas dos cotovelos, certamente injeções. Sentia também os contornos da máscara de oxigênio e os tubos na boca e no nariz. Então mergulhava sem controle num túnel esguio, onde se percebia vivendo situações já vividas ou inusitadas, sendo resgatada de súbito por terrível falta de ar.

Foi num desses mergulhos que encontrou Matheus Gebara. Caminhavam em volta de uma pracinha romana, a tal que ela gostava tanto de freqüentar. Continuavam uma conversa que parecia durar muitas horas.

— Então, doutora Carpentiere, o que me diz?

— Que podemos estar aqui e jamais termos estado. Lembro-me bem de que você tinha decolado rumo à estação espacial.

— Sim, eu fui. Mas o Matheus que está dentro de você caminha agora ao seu lado, na pracinha de que você tanto gosta.

— E a Rosalba que está dentro de você?

— Sei lá, pode ser que estejamos em alguma órbita lunar...

O sol espreguiçava-se preparando o crepúsculo, um leve cheiro de maçã caramelada se espalhava pela brisa. Rosalba divertia-se com aquele pitoresco contraste: seu tão conhecido aroma de infância entranhado na paisagem de hoje.

— Sabe, Matheus, não consigo saber quando estou... Lembro-me de você e dos outros, do laboratório, do Gnogglog, mas não sei quando aconteceu.

— Nossa estação perdeu o ângulo de órbita terrestre. Perdemos contato, não há jeito de voltar. Estamos vagando a esmo até quando nem sei mais...

— Então, você morreu?

— E você?

— Acho que ainda não. Mas o que estaríamos fazendo aqui?

— Nosso consciente está fora do ar. Talvez nem nos lembremos disso quando, ou se, voltarmos à consciência.

A imagem dele foi se desfazendo enquanto falava. Rosalba sentiu de novo seu peito amassado, faltou-lhe o fôlego... parecia descer vertiginosamente numa infinita montanha-russa.

— Vem comigo, Matheus, não me deixe agora.

Ele estende a mão segurando firme a dela.

— Greta, avise-a do asteróide, se alterarem a trajetória de aproximação...

Num gesto mais instintivo do que intencional, os olhos dela se entreabrem. Marjory, debruçada bem próxima de seu rosto, chama-a na voz aflita. Rosalba tenta articular idéias, balbucia algo que nem ela entende.

— Sim, diga, está consciente?

Como quem desperta mas pretende voltar ao sonho, Rosalba aperta os olhos buscando reencontrar Matheus em sua pracinha. Desfocados, eles vão reaparecendo misturados ao terrível vibrar ruidoso do Gnogglog.

— Calma, Rosalba, seu coma não é constante. Quando estamos vivos, atores, estamos só 10% do que somos. Nos sonhos, personagens, estamos nos outros 90%. Aqui, você está mais viva do que lá.

Ela podia sentir de fato seus pés firmes no chão, respiração tranqüila e corpo relaxado. Quando o peito se comprimia e sua consciência retornava, a morte a rondava bem mais de perto.

— Então é isso, Matheus? Estamos sendo sempre conduzidos pelo que somos?

— O universo jamais caberia em nossa curta cabeça. Elegemos deuses, elaboramos princípios, tentando organizar elementos que nem sequer conhecemos direito. Problemas podem ser resolvidos, mas mistérios deviam ser contemplados...

— Mas eu estou morrendo, não estou?

— Para a vida terrena, pode ser.

— Mas por que você? Por que alguém que mal conheci estaria aqui nesta pracinha me dizendo tudo isso?

— Eu diria que se trata de uma alucinação planejada, arranjo orquestrado por seu inconsciente. Minha presença, a pracinha, uma tentativa sua de apreender o infinito. Quando sofreu o ataque cardíaco, você sabia que eu estava praticamente morto, não é?

— E você, está?

— Não importa. Amplie sua visão, esqueça a lógica dos mortais, desloque-se no tempo, aproveite esse estado de meio viva, meio morta. Acredito que bem pouca gente atingiu esse nível de fusão.

— Esse nível de confusão, você quer dizer!

Novas pontadas no peito, nova invasão de consciência. Outra vez a cara de Marjory encheu-lhe os olhos.

— Seus sinais vitais oscilam muito. Ela parece recuperar-se e, de repente, quase se vai. Não creio que possa avaliar o atual contexto. São menos de catorze horas para a segunda expansão...

Rosalba sente que precisa manter-se feito um pêndulo impulsionado ora pela vida, ora pela morte. Tem flashes de seus mergulhos exploratórios no Báltico e no Índico; lembra-se de perscrutar águas inóspitas e profundas atrás de... do que mesmo?

— Ei, estou aqui. Este é o código, o clima, o ambiente que você escolheu para entender.

— Entender o quê, Matheus?

— O que não é possível entender através da consciência. Preciso dizer-lhe logo antes do seu fim. Este pode ser nosso último momento juntos.

— Então diga.

— Quero lhe mostrar uma coisa, venha até o banco e sente-se.

Flutuando suavemente em sua direção, diáfano, parecendo construído por finíssimos cristais de gelo, imenso corpo celeste aproxima-se até tocar seu colo.

— Não se assuste, tem mais ou menos um terço do tamanho da Terra, mas pesa menos de três quilos. Bem, quem se importa? Você nem está aqui mesmo!

— É o asteróide?

Matheus sorri e senta-se ao lado dela.

— Há dois dias, pedi que você avisasse à Greta e aos outros. Ele é a causa e a solução, a chave que libertará o planeta do Gnogglog.

De tão excitada, ansiosa, seu grito trouxe-lhe terrível espasmo, quase rompendo suas costelas. Tragada de novo pela realidade, Rosalba debatia-se, agora tentando desesperadamente agarrar seu sonho de volta.

— Ela tem de sair do coma. Se continuar nele, talvez não volte mais. É a terceira parada em menos de uma hora.

Rosalba entendeu com absurda lucidez o que a voz do paramédico anunciava. Compreendeu seu destino: mergulhar com a pergunta e voltar com a resposta. Mas daria tempo?...

Lembrou-se então da sugestão dele: "Desloque-se no tempo...". O cheiro!, o cheiro de maçã caramelada... Inspirando com toda a energia de que dispunha, ela atirou-se, pousando levemente no banco da pracinha.

— A massa desse asteróide tem uma densidade incomum aos nossos padrões. Contraria, por assim dizer, nossos critérios de gravidade. Assim, sua trajetória pode e deverá ser alterada por um pequeno foguete, desde que lançado no ângulo de ascensão adequado e na velocidade certa. Não se preocupe em fazer esses cálculos, nosso companheiro Jamiro os fará sem erro. É imperioso que não o danifiquem, apenas alterem seu curso.

A mente dela se agitava em interrogações: como isso poderia ser feito? Ela seria ouvida? Acreditariam nela? Quem garante que tudo não passava de desvario? Ela viveria o bastante para promover tudo isso?

20

Será que os condenados à morte nas câmaras de gás procurariam adiá-la ao máximo, inspirando tão pouco quanto possível?

Matheus perseguia nos visores de seus instrumentos alguma referência confiável. A última visão que tivera de sua posição em relação à Terra dera-lhe uma estimativa de ângulo na qual a estação espacial teria de ingressar na atmosfera nos próximos quatro minutos; estabelecera a velocidade adequada e o trajeto a ser feito.

Seu e-mail para Greta tinha sido enviado segundos antes do colapso nas comunicações. A equipe de astronautas tinha menos de três minutos para assumir os procedimentos previstos.

Por ser um hóspede recém-integrado ao grupo, Matheus preferiu deixar por conta deles tomar decisões e seguir caminhos.

20

21

— Mais de vinte minutos!... por que é que eu tenho de ficar aqui esperando?

Sonolenta, faminta, Suelen se espreguiça no sofá e se levanta. A porta da saleta a convida a sair... Ninguém no corredor.

O cheiro de café fresco, irresistível chamariz, leva-a por salas e passagens desertas até o refeitório da base.

Deviam ser umas 8 da noite, o Gnogglog sempre parecia ainda mais ativo quando o sol partia. Havia cinco freqüentadores espalhados pelas mesinhas, queixos pousados na madeira. Suelen é logo atraída pelo de jaleco branco:

— Boa noite. O senhor é médico?

Sem lhe dar nenhuma importância, ele deixa escapar um sim.

— É que não estou me sentindo nada bem...

— Você não me parece mal. Entrou aqui caminhando firme, olhou bem em volta, está corada...

— Quer que eu desmaie?

Ela debruça-se sobre a mesinha deslocando-a de leve:

— Está bem, eu menti. Estou mesmo é entediada. Mandaram-me esperar por meu companheiro de viagem e até agora não tenho notícias dele. Quem sabe, o senhor não poderia informar-se para mim. Poderia, doutor...

— Breninger, Jonathan Breninger. Verei o que posso fazer. Esse seu companheiro, quem é?

— É o professor Werhel Joensberg. Viemos em missão de paz, garanto.

Embora falassem meio aos gritos, ninguém os ouvia direito por causa do Gnogglog. Jonathan levantou-se expressando claramente sua má vontade; saiu da sala demorando-se uns quatro minutos. Quando voltou, encontrou-a já sentada em sua mesinha, degustando enorme sanduíche de atum.

— Ele está em reunião com nosso comandante, de maneira alguma pode ser interrompido.

Ela aqueceu o olhar procurando quebrar o gelo.

— Pode me passar o adoçante, por favor?

Erguendo bem o braço, deposita três gotas em sua xícara fumegante. Afastando a cadeira, retira as sandálias, pousando os pés em outra. O acaso, seu companheiro de sempre, arranjou-lhe tudo: hipnotizados, os olhos de Jonathan seguiram-lhe os pés, colaram-se neles como mariposas na luz... Sem demonstrar nenhum indício de que o observava, Suelen passou a remexê-los lentamente.

— Ah!, como eu gostaria de uma boa cama... Minha cabeça ferve, meus pés estão me matando...

A cara sisuda de Jonathan reagia como atingida por poderoso relaxante muscular. O sorriso vai-se armando aos poucos até mostrar seus dentes amarelados de cigarro.

— Sou cardiologista, mas estudei a fundo reflexologia; é massagem...

— Sei, sei, nos pés.

Nem o próprio Jonathan acreditava no que estava fazendo. Só mesmo a força do fetiche para extrair dele aquele comportamento. Vendo-se dona da situação, Suelen desliza um dos pés até o colo dele:

— O senhor não vai me negar uma massagem, vai?

De tão envolvidos que estavam, os dois nem perceberam que os demais freqüentadores já tinham se retirado. Apenas um solitário garçom, com os cotovelos no balcão, aguardava mais a quem servir.

— Isto é extraordinário, o senhor está tirando meu pé do inferno...

Do bolso interno do jaleco, pendia uma receita com o carimbo do hospital da base. Junto ao peito dele, dava para ler claramente o nome Carpentiere. Suelen não teve trabalho em associar o sobrenome ao nome Rosalba. Os nomes dos oito integrantes do grupo científico responsável por aniquilar o Gnogglog foram intensamente divulgados.

— Meu Deus, que houve com minha cunhada?

— Que cunhada?

— Não pude deixar de ler. Essa receita que está aí no seu bolso é para a doutora Rosalba Carpentiere, não é? O que houve com ela?

Sem dar-lhe tempo de respirar, ela retira o pé do seu colo trocando-o pelo outro.

— Diga-me logo, o que aconteceu?

— Ela... foi vítima de ataque cardíaco, infelizmente está morrendo.

Sua última frase mal lhe saiu dos lábios. Jonathan ajeitou-se na cadeira tentando escapar do feitiço. Como poderia? Uma mente tão complexa quanto a sua, acostumada a decisões rápidas e raciocínios em profundidade... aprisionada por aquele par de esculturas que se moviam vivas e sensuais em seu colo.

— Que foi, doutor? Alguma coisa errada com meus pés?

Errada?... Ele repassava na memória sua vasta coleção de fotos. Aqueles pés mereceriam estar entre os mais excitantes...

— Ah, por favor, não pare. Desculpe se o embaracei perguntando sobre Rosalba. É que eu gostava, quer dizer, gosto tanto dela...

Suelen inclina-se devagar, fazendo com que os pés se aprofundem no colo dele; então sente o membro protuberante. Congela seus movimentos e faz carinha de choro:

— O senhor... o senhor bem que poderia me levar para vê-la. Pode ser a última vez, eu não saberia como lhe agradecer.

Ela sabia muito bem como compensá-lo por essa insubordinação. Naturalmente, qualquer visita ou presença estranha à equipe não seria permitida.

Jonathan resolve reagir: larga de chofre os pés dela, ergue-se quase num salto e, alegando ir ao banheiro, afasta-se rápido. Ela observa em volta: apenas o garçom absorto em sua solidão folheia um jornal. Retirando da jaqueta o celular, digita sem olhar:

— Quero falar com Jackson, da imprensa internacional.

Espera mordendo os lábios.

— Hei, Jac!, como vai esse velho *New York Times*?

Seus gritos perdem-se nas teias sonoras do Gnogglog.

— Ouça e nem precisa responder: estou prestes a ter uma exclusiva de arrasar! Fique pronto para receber fotos de Rosalba Carpentiere. Não posso dar detalhes agora, mas ela está no hospital de uma base australiana, vítima de ataque cardíaco.

Sua mão desliga automaticamente o aparelho e oculta-o de volta na jaqueta tão logo Jonathan é avistado retornando; mas ele dirige-se ao balcão, com a intenção de pagar a conta. Suelen percebe-se perdendo terreno; sente que terá de fazer alguma coisa para recuperar o poder. Deixa então que a sagacidade direcione a impulsividade e atira uma das sandálias, atingindo de leve a perna dele.

— Doutor Breninger, já terminou com meus pés?

Fisgado por aquele inesperado anzol, ele se volta. Aquele par de esculturas vivas permanece em exposição na cadeira da qual se levantara.

O olhar dela reveste-se agora de outras intenções:

— Você pode ter concluído com eles, mas eu mal comecei com você. Quero lhe falar em particular.

Passos rápidos, menos de dois minutos, entram na saleta de onde ela saíra. Ele fecha compulsivamente a porta, mal esperando que ela se acomode no sofá.

— Calminha, vamos com calma, doutor, não haverá festa sem presente. Primeiro você me dá o que quero, depois...

Curiosa, interessada em tudo que lhe agregasse mais poder de sedução, Suelen já ganhara alguns mimos de certo namorado podólatra. Conhecia bem os atalhos que o fetiche pode criar na mente...

— Você me pede um presente caro demais. Como é que farei para você entrar?

— Veja por outro lado, doutor: caíram-lhe no colo dois pezinhos mágicos, uma rara oportunidade de adorá-los, principalmente nestes tempos ferozes de Gnogglog. Tudo que eu quero é a chance de ver minha cunhada que está às portas da morte. Quem se importa?... Bem, posso dar-lhe uma prévia.

Suelen Vasquez, assumindo-se rainha da base aérea de nem se sabe onde, joga-o ao chão com os olhos e afoga-lhe o rosto com os pés.

— Vai beijar cada um deles três vezes e só; é o que terá por enquanto. Prometo-lhe mais de uma hora de adoração depois de visitarmos minha cunhada. Pelo que você já me disse, Rosalba deve até estar inconsciente. Que diferença vai fazer para ela?

22

FALTAVAM OITO HORAS E DEZESSETE MINUTOS para a segunda expansão do Gnogglog quando o helicóptero trazendo de volta a doutora Marjory Underson pousou no laboratório. Ela saltou enquanto as hélices ainda giravam. Todos a receberam exasperados. Não puderam, por razões de segurança, comunicar-se com ela durante sua estada no hospital, junto ao leito de Rosalba.

Todos se aglomeraram em volta dela e o silêncio exigiu-lhe que falasse:

— Não tenho tanto assim a dizer. Rosalba ficou a maior parte do tempo em que estive lá inconsciente. Nas ocasiões em que voltava à consciência, dizia coisas aparentemente sem sentido.

— Por que aparentemente?

— Bem, Jamiro, estou familiarizada com reações, frutos de estados semelhantes ao dela. Podem-se extrair preciosas informações a partir do que dizem ou fazem.

— E que informações você presumiu conseguir?

Genoveva fez a pergunta demonstrando pela primeira vez certa impaciência.

— Bem, gravei todos esses momentos; deixarei que vocês me digam se há algo que mereça consideração.

O eterno soar vibratório permeava tudo, mal se entendia uma frase. Era preciso ouvir e ouvir de novo e nem se podia filtrar a voz ou equalizar freqüências.

— Vamos perder tempo demais com isso. Que é que vai adiantar? Ela nem pôde votar!

— Paciência, Greta.

— Ela tem razão, doutor Lourenço, o que poderemos extrair disso?

Marjory irrita-se com o ceticismo de Jamiro:

— Nosso inconsciente está totalmente envolto pelo universo. Não há regras, filtros, restrições racionais, limitações físicas. Passei minha vida inteira estudando a loucura, a tênue barreira entre ela e a razão. Sabe que nós a visitamos diariamente? Sim, passamos por momentâneos lapsos de loucura. É quando nossa criatividade remexe as coisas reais, dando-lhes novo conteúdo. Estados de coma são bem parecidos, oscilamos do real ao irreal. Infelizmente, é comum atingirmos essas condições somente quando estamos para morrer. Houve algo que ela disse, algo que me chamou a atenção. Foi em sua segunda passagem pela consciência. Consegui entender enquanto vinha no helicóptero. Ela disse: "A massa do corpo celeste é fria e leve... É viva como nós... antena... mensageira da ursa...

As seis mentes borbulharam cozinhando aquelas palavras. O general Koan seria o primeiro a falar:

— Não faz nenhum sentido. Parece mesmo devaneio, mensageira da ursa?

Jamiro o interrompe antes mesmo que ele consiga concluir:

— Ursa Maior, general, ela pode estar se referindo à constelação, ao asteróide.

— Hipóteses, doutor Cabrera, podemos ficar horas aqui tecendo relações entre o que uma agonizante diz e o quebra-cabeça de nossa realidade.

Zelu aponta o pedacinho de papel em que rabiscou as frases de Rosalba:

— Não me parece tão sem sentido assim. Se ela estiver falando do asteróide, será simplesmente uma descrição dele: Massa fria e leve, tão viva quanto nós e mensageira da Ursa Maior.

— E de onde diabo ela obteve essas informações? Meus caros, estamos nós ficando loucos!

Em outro raro arroubo de impaciência, Genoveva levanta-se enrubescendo:

— Ela esteve com Matheus, lembram-se? Chamou-o quando voltava a si antes de falar do asteróide. Vamos voltar a ouvir esse trecho.

Os murmúrios do pequeno gravador digital, mesclados à aterradora música, foram repetidos e repetidos até que se conseguiu ouvir: "Venha comigo, Matheus, se eu posso, você também pode. Será que já morremos? Para onde é que essa nave vai te levar?".

— Ouviram? Ela não sabia da real condição dele.

— Doutora Pavlinski, aonde é que a senhora quer chegar?

— Contatos entre seres irmanados pela mesma desgraça são eventos estudados aos milhares em todas as principais correntes religiosas. Até os cristãos, embora relutem, aceitam o fato, dando-lhe o crivo de fenômeno parapsicológico. O senhor, general, talvez já tenha presenciado ou mesmo ouvido falar em mensagens trocadas entre feridos ou até mortos e vivos em combate.

Jamiro não pôde deixar de rir amargamente, ironicamente:

— E a senhora quer agora que a gente fixe a atenção em desvendar o provável contato entre eles?

Atenta ao gravador, Marjory espreme-se num grito:

— Escutem isto!

Todos se calam. "Como um pequeno foguete poderia... conter o avanço do corpo? Mas... a coisa já aconteceu!... não estamos ouvindo seu eco?".

Zelu mal contém a respiração. Desliga subitamente o gravador para que todos atentem:

— O doutor Cabrera e eu iniciamos um trabalho de prospecção do asteróide. Nossos instrumentos não nos permitiam analisá-lo, então pedimos ao doutor Gebara que o fizesse lá da estação. Uma série de dados nos foi enviada e podemos aferir alguns detalhes bem estranhos. Não os revelamos porque não tinham pertinência nem prioridade na ocasião, mas... percebo agora que de fato a doutora Carpentiere teve alguma espécie de acesso a ele.

Jamiro acompanhava a explanação de Zelu com rítmicos balançares de cabeça. Então, abriu a tela de seu terminal:

— Isso é uma simulação do asteróide. Parece um imenso aglomerado de cristais de gelo, mas, observando melhor, constatamos minúsculos movimentos, assinalando alterações na posição de cada cristal. Enviamos pequenas descargas laser que foram absorvidas pela estrutura e transpassaram inteiramente o asteróide sem se deterem em nada. Não é conclusivo, mas sua matéria comporta-se como coisa viva. Só que ninguém, além de Zelu, Matheus e eu, sabia de nada.

Aflitos, perplexos, os olhos da equipe perscrutam a tela, lendo e relendo as informações. Apenas o inexorável fundo sinistro do Gnogglog se fazia ouvir, imperturbável. Zelu retoma a palavra apontando um mapa estelar:

— Querem saber mais? Esse asteróide adota uma rota totalmente incomum, afastando-se dos centros gravitacionais dos planetas ou satélites que lhe aparecem à frente. Ele simplesmente dá a volta, escapando-lhes da atração.

— Então é essa massa fria e leve, mensageira da Ursa Maior, nosso inimigo mortal? Foi resvalando nela que o tirânico discurso do Deus de Joensberg nos condenou?

— Sim, Marjory, parece que sim. Mas, palavra de Cabrera, acharemos um jeito de sair desta!

Zelu adianta-se, olhar revestido de pontos de interrogação:

— Pretende falar de minha sugestão, Jamiro?

— Sim, definitivamente. Ele pensa em enviarmos um pequeno foguete para interferir no curso do asteróide; queremos apenas tocá-lo, desviá-lo da trajetória que o levaria a nós. Pelo menos atrasar sua chegada, desfazendo seu encontro com a mensagem de Joensberg.

— Quanto tempo temos para enviar esse foguete? Isso será possível?

— Podemos, general. Nossa autoridade em mecatrônica afirma ser capaz de preparar um projétil pequeno e veloz o suficiente. Deve ficar pronto em menos de um dia.

— Mas e a segunda expansão? Estamos a menos de sete horas dela.

— Pois é, doutora Gebara, creio que devemos nos apressar e dar início ao projeto do foguete. Estamos vivendo as consequências de algo que ainda não aconteceu, não é?, então... Se o que fizermos der certo no futuro, saberemos através das dimensões da segunda expansão.

— Como é?

— Jamiro tem razão, Greta. Se, por exemplo, ela for menor do que a prevemos, saberemos que nosso foguete atingiu os objetivos imaginados. De minha parte, garanto-lhes montar um belo artefato, bem melhor do que o meu Cãoneiro!

Zelu riu sozinho de sua piada. Quem quer que estivesse ali, não participou de sua infância...

Por mais absurda que lhes parecesse, essa seria a única escolha a fazer: acreditar num contato entre duas pessoas que mal se conheciam, mas teriam a chance de cruzar limitações dimensionais, regiões desconhecidas entre a vida e a morte.

Genoveva ficou uns instantes à mesa, enquanto os outros se dispersavam. Greta também. Quando os quatro olhos se encontraram, Genoveva quis saber:

— Estou intrigada com uma coisa: por que Matheus não tentou falar com você? Sei de tantos casos de pessoas no auge do desespero que...

— Essa era a única coisa em que batíamos de frente: jamais acreditei no sobrenatural. Sempre acreditei apenas no que se pode medir, tocar, interagir. Matheus sabia, sabia que eu teria problemas em escutá-lo.

— Entendo. Mas crer somente no que medimos ou tocamos, seria como pôr fim ao infinito, não acha?

23

A SALA DO GENERAL LINTCH ERA ECONÔMICA em móveis, mas a enorme mesa antiga com grosso tampo de mármore impunha o gélido respeito militar. Sentado meio oculto por profusão de pastas, CDs, monitor de plasma, Oliver Lintch examinava documentos e nem se deu ao trabalho de erguer a cabeça para Werhel.

Indiferente àquela tosca recepção, habituado que era a enfrentar ambientes adversos em suas polêmicas aulas de história e filosofia, o professor Joensberg sentou-se dando apenas um largo suspiro que o Gnogglog escondeu.

— O senhor há de convir, professor, que sua presença aqui é, no mínimo, estranha. Bom, não nos faltam coisas estranhas hoje em dia, não é?

— Com todo o respeito, general Lintch, devo afirmar-lhe: minha presença pode constituir-se na solução, o fim do Gnogglog.

— Não imagina quantos malucos me aparecem, de um jeito ou de outro, dizendo a mesma coisa.

— Cada um desses malucos tem uma visão individualista do fenômeno, aposto. Acontece que o Gnogglog não é apenas o apocalíptico choro e ranger de dentes dos cristãos ou a noite da alma dos esotéricos, explosão cármica coletiva ou o limbo descrito na mitologia grega. É de fato tudo isso junto. Nós tecemos esta absurda teia vibratório-sonora que nos enreda. Nossas idéias conflitantes, nossos anseios egoísticos, as contínuas agressões à natureza, encontraram na tecnologia perigoso armamento para crescer e se desenvolverem. Hoje, você pode combater inimigos virtuais de outros mundos em seu videogame e interromper a luta para comer um hot-dog...

— Por favor, professor, acho que o senhor não veio aqui para filosofar.

— Mas preciso ao menos lhe contar como cheguei ao que pretendo fazer: há cinco anos, investi considerável fortuna em pesquisas junto a um dos maiores grupos internacionais de telecomunicações. Meu dinheiro vem de berço, general, meus pais dominaram o ramo da construção civil na Alemanha. Meu meio-irmão sempre foi absolutamente genial em eletrônica... foi ele quem me falou dessa nova tecnologia de transmissão holográfica. Bem sabemos que vivemos dos ecos do amanhã, não sabemos? As grandes indústrias desenvolvem produtos, avanços em seus laboratórios, mas vão nos abastecendo aos poucos dessas descobertas, agregando gradativamente as melhorias. Assim, associei-me ao projeto dos holo-defletores, unidades de baixo custo e alta performance, transmissoras e receptoras de som e imagem tridimencionais. Testadas e aprovadas, essas unidades seriam inseridas nos aparelhos de TV e áudio, primeiro como simples receptoras, mais tarde...

— Se veio me vender televisores ou sei lá que outras bugigangas, perdeu a viagem.

Werhel decidiu relevar, agindo como se não ouvisse a sarcástica observação.

— O mundo me conhece como implacável guerreiro contra o tecnicismo, minha obra sempre se referiu e se referirá à tecnologia como o mais sedutor e mortífero veneno social que poderíamos criar. Não contamos com estrutura emocional para administrar tantas engenhocas, tanta informação, tanto poder. Adquirimos o poder pelo poder, não é mesmo? Foi quando decidi financiar a ferramenta das ferramentas, entrar nas casas, nos mundinhos das pessoas em três dimensões, imagine... Se a TV já condiciona, domina e subverte idéias e emoções, o que diremos de imagens e sons acontecendo com a força da coisa ao vivo?

— Então, foi alguma experiência relacionada com os tais holo-defletores que nos mergulhou no Gnogglog?

— Não, não! Os holo-defletores trarão a chave da liberdade, a mensagem da compaixão de um Deus atual, catalisador de todos os princípios religiosos. Pouco antes de este pesadelo começar, general, reuni-me com um grupo dos principais magnatas das comunicações, tomando o cuidado de convidar também empresários atuantes no ramo de alimentos.

— Agora vamos comer?

— General, se vai me ouvir, emprestar-me seu precioso tempo, deixe-me falar. Contei-lhes de minha idéia: criar um Deus contemporizador, símbolo da solidariedade e da compaixão, lider virtual sim, mas detentor dos mapas para a realização dos mais grandiosos sonhos da humanidade. Esse não seria o objetivo das mais populares seitas, estabelecer sua verdade como verdade absoluta? Mas, lhes faltava o quê? A tecnologia: bombásticos alto-falantes que promovessem a voz de seus deuses no mundo todo com incontestável eloqüência. Contratei então Genoveva Pavlinski, eminente catedrática em religiões comparadas, e pedi-lhe que elaborasse um relatório de contrastes e pontos em comum entre as religiões. Convidei-a ao fim do trabalho a ajudar-me a esculpir essa criatura virtual, esse Deus magnífico, mas ela não me entendeu e partiu, prometendo-me pelo menos omitir qualquer informação a respeito disto.

— E esses senhores magnatas concordaram com essa loucura?

— As negociações entraram inevitavelmente nestes tempos de Gnogglog. Pensei: que terrível destino! Estávamos prestes a salvar o mundo da autodestruição e nos aparece este barulho insuportável, esta vibração invasora. Tínhamos desenvolvido um agente antidepressivo que seria lentamente acrescentado ao leite, suco de frutas e refrigerantes em mais de 100 países ao mesmo tempo, preparando cada um para receber a mensagem. Em pouco menos de um ano, todos estariam consumindo sem saber a droga. Naturalmente, esses produtos seriam os mais vendidos pelo bem-estar que proporcionariam.

— Quanto mais eu rezo... E o senhor acha que ninguém perceberia alteração no sabor?

— Estou certo de que, se o senhor pudesse morar em Marte por, digamos, uns três anos, ficaria pasmo ao voltar com as diferenças de sabor entre os alimentos mais consumidos na Terra. As mudanças não são evidentes porque ninguém se importa, vai comendo e bebendo na ilusão de estar consumindo o que sempre consumiu.

— Tenho de concordar. Meu café favorito não é mais o aromático café de quatro ou cinco anos atrás.

— Vê? A gente até percebe alguma coisa, mas, envolto no cotidiano cheio de apelos e estímulos desencontrados... De qualquer maneira, não podemos chegar a bom termo nesse particular por causa da eterna barulheira. Íamos alterar o sabor desses produtos lentamente, alguns deles mudariam totalmente o gosto...

— E quanto à mensagem, como seria divulgada?

— Espalhando holo-defletores pelo mundo todo. Uns transmitiriam aos outros a mensagem nas línguas mais populares, a fala de Deus.

— Que coisa mais... mais doida, mas tem uma coisa que não entendo: você diz que as religiões não contam com a tecnologia para transmitir suas mensagens; então, o que dizer dos programas gospell, pregações em alto estilo invadindo os lares de todo o mundo?

— Essa linguagem não condiz com os moldes contemporâneos. Somente algumas raras produtoras se atualizaram, o restante se repete à exaustão: Cristo como grande mártir, salvando com seu sangue a raça humana de todos os pecados. Nossos holo-defletores, não. Além de trazerem uma forma inusitada de linguagem, emitirão uma mensagem estudada palavra por palavra, colhida das origens, das bases dos principais dogmas mundiais. Um Deus forjado na essência dos princípios com os quais todos concordam ou preceitos que todos têm em comum. Pena que não podemos acrescentar o antidepressivo nos produtos mundialmente consumidos: marcas consagradas de leite, refrigerantes, sucos de frutas... Também produziríamos milagres, fortunas distribuídas a seguidores pelo planeta, figuras populares em pequenas cidades que abraçassem a causa e, seguindo os conselhos do nosso Deus, seriam agraciadas.

— O senhor fala de uma cumplicidade internacional com tanta naturalidade!

— Creia-me, general, isso já está acontecendo, mas eles não andam sendo mais tão eficientes quanto antes. Por causa da tal globalização, muita gente despreparada está tendo acesso a uma quantidade infinita de dados e informações que não deveriam passar de certas barreiras...

— Negar o direito à informação? Não me parece a atitude mais sadia, considerando seus elevados ideais.

— Quer que uma criança de menos de sete anos saiba o que é sexo oral? É mais ou menos o que está nos acontecendo. Educação é uma coisa, permissividade é bem outra. Dentro de um ritmo aceitável, através de uma equipe de conceituadas personalidades, pedagogos, psicólogos, sociólogos, abriríamos as comportas.

— Compreendo, compreendo bem. E por que o senhor precisa tanto falar com o grupo de cientistas, principalmente com Genoveva Pavlinski? Já não teve o bastante dela?

— Aconteceu o Gnogglog, sem dúvida o mais incrível fenômeno experimentado pelo homem. Quero a opinião dela a respeito da mensagem que ainda pretendo transmitir. Preciso também de seu silêncio e total cooperação; não revelaria nada disso se não fosse estritamente necessário. Está em suas mãos manter essa sagrada chama acesa, proporcionar à humanidade uma real chance de purificar-se, cultivar um amor capaz de nos irmanar de fato, adquirir mais qualidade de vida. Posso contar com o senhor, general Lintch?

24

Em silencioso consenso, os seis integrantes restantes calaram-se sobre a segunda expansão. Todos admitiram que havia prioridades a executar e de nada adiantaria fomentar brutal pânico mundial.

Era provavelmente por isso que o nível de expectativa crescia exponencialmente à medida que os minutos transcorriam.

Chegamos às últimas duas horas. Genoveva e Greta mastigavam barras de cereais esmagando-as até quase deslocarem os maxilares.

— Sabe o que li agora há pouco, Greta? O Gnogglog, nestes 146 dias, fez menos vítimas do que o câncer ou a aids; devastou a fauna e a flora terrestres menos do que os desmatamentos e o consumo de carne ou produtos de origem animal em um mês.

— E como se explica isso?

— Bem, talvez Marjory possa nos esclarecer melhor. Nosso comportamento diante do constante vibrar, desta música sem fim, acho que... Largamos mão de tanta coisa...

As duas decidem falar com ela. Marjory, entregue à profunda introspecção, passa a pensar em voz alta:

— Este maldito Gnogglog enfiou-nos dentro de nós. Falamos menos e uma absurda quantidade de besteiras deixou de ser dita; políticos mal-intencionados no mundo todo perderam sua capacidade de influenciar decisões. Investidores inescrupulosos não tinham mais a quem convencer, artistas desligaram-se de sua arte, as coisas perderam boa parte de seu desfrute ou necessidade. Consumir? Só o estritamente necessário. Deslocar-se? Só quando não há outra escolha. Comunicar o quê? Jornais, TV e rádio só falam no barulho... Numa coisa todos concordam: queremos o fim do Gnogglog.

— Engraçado, ele nem é tão nocivo assim.

— Bem, Greta, se você bloqueia os mecanismos de fantasiar, acaba truncando os caminhos da realidade. O que é que nos faz alterar o real? Promover mudanças? O que nos torna tão inquietos, capazes às vezes das piores atrocidades? Fantasiar e buscar a realização do que fantasiamos. Mas a realidade acaba sempre sendo muito diferente do que a fantasia nos dá. Expostos a esse terrível inconveniente, não temos espaço sequer para sonhar!

Jamiro entra precipitadamente na sala. Exibe fotos e cálculos:

— Estabelecemos finalmente a rota de nosso pequeno foguete. Ele atingirá o asteróide daqui a dez dias, exatamente 47 horas antes da última expansão. Mas creio que já sentiremos o efeito disto.

— Preciso que você me esclareça de novo sobre esse raciocínio.

— O.k., Greta: daqui a uma hora e cinqüenta minutos acontecerá a segunda expansão. Prevemos um impacto com todas as perspectivas já discutidas. Se nosso foguete cumprir seus objetivos, é possível que tenhamos um impacto menor do que o esperado, já que o Gnogglog é um eco do que acontecerá em mais treze dias, consegue entender?

Greta acena positivamente. Só mesmo a terrível sensação de perda era capaz de embotar uma mente tão fugaz quanto a dela.

— Já estamos em contato com o general Oliver Lintch, comandante-em-chefe das operações da base aérea local. Receberemos material e toda a assistência de que precisarmos. Aliás, doutora Pavlinski, ele perguntou por você, queria saber de seu estado emocional, condições físicas, por que será?

— Como assim, Jamiro?

— Pois é, foi de fato a primeira pergunta feita por ele, assim que iniciamos o contato.

Naylim Koan, estendendo seu arguto olhar, limitou-se a dizer quase num sussurro:

— O Joensberg está por perto.

O tempo escoava lento, arrastado pelo Gnogglog. Ninguém poderia negar, o ruído vibratório parecia cada vez mais assustador. Nos momentos em que não havia nada a dizer, ele tomava conta de tudo de tal forma, parecia soturno réquiem, comemorando a derrota dos humanos.

Seria um belíssimo pôr-do-sol, pintadinho de fiapos esbranquiçados boiando em baixa altitude. Contudo não havia clima para contemplá-lo.

Jamiro e Zelu procuravam acelerar os cálculos, mas havia um grande problema: o combustível. O pequeno artefato consumiria mais combustível do que poderia comportar. A especialista na área, doutora Greta Gebara, foi acionada.

— Aí está sua chance de vingança, Greta, vamos acertar contas com esse asteroidezinho de merda!

— Não será bem uma vingança, Jamiro, dará propósito a tudo que já enfrentamos.

O DESENVOLVIMENTO DE UM COMBUSTÍVEL de alta eficiência, partindo de lixo biológico reciclável, havia, de fato, chamado a atenção das autoridades internacionais para aquela franzina mulher de semblante sempre jovial, cabelos eternamente presos formando-lhe grossa tira descendente. O projeto no qual todas as esperanças estavam depositadas dependia agora dela; quem sabe nosso próprio lixo biológico conteria o segredo, o impulso devido, capaz de alterar positivamente os fatos.

Meia hora apenas separava a Terra dos efeitos catastróficos previstos na segunda expansão. Todos pararam o que faziam e se juntaram na sala de refeições. Precisavam de um intervalo, por pequeno que fosse. Marjory, então, propõe:

— Pode ajudar se cada um de nós falar um pouco, dizer como se sente, enfim, abrir-se com os outros. Eu começaria falando da angústia de que, acredito, todos padecemos. Lembro-me da manhã em que dei a mamãe uma espiga quentinha de milho cozido. Foi tão inesperado! Ela desabrochou de seu catatonismo, conversamos por mais de três horas... Depois, nada. Bem, aqui estamos, tentando encontrar uma espiga salvadora que abra um canal de comunicação com o próprio futuro.

Chorando baixinho, Marjory calou-se. Surpreendentemente, Greta não se contaminou:

— Contrariando minhas mais profundas descrenças, quero falar com Matheus. Peço licença para me dirigir a ele: meu amado, sei quanto você deve ter pensado em mim, na agonia pela qual poderei passar, sei que deve até ter tentado se comunicar comigo. A força desse sentimento nos manteve e pode mesmo haver promovido seu contato com Rosalba. Vamos sair desta, quero encontrá-lo, seja como for, mas precisam de mim e não vou falhar.

Logo que Greta se calou, Genoveva pediu a palavra:

— Se o Gnogglog é coisa de um ser humano, se partiu desse ser a idéia que produziu tal conjunto de reações, se no intuito de gerar uma criatura virtual, um Deus de mentira, causou-nos este desastre, também assumo a responsabilidade por isto. Aliás, toda a raça humana é, de algum modo, responsável. Por que precisamos de alguém, de preferência sobrenatural, para nos dizer o que devemos ou não devemos fazer ou dizer? Por que tememos severas punições por pecarmos contra nós mesmos?

Naylim Koan estendeu-lhe um lenço, enxugando delicadamente o suor:

— Meu povo sofreu toda espécie de humilhação, morremos feito moscas em mel incandescente, fornecendo nossas riquezas a quem já tinha demais... Agora, ironicamente, esta canção funesta mata menos do que nós mesmos, prejudica menos a natureza do que nossos venenos industriais. O que o Gnogglog mata é a esperança, haverá algo pior de matar num ser humano? Vagaremos feito bilhões de zumbis sem propósito, dançarinos deste som macabro, pulsando dentro desta deletéria vibração? Digo que não. Nós o criamos, nós o destruiremos.

Zelu se levantou para falar:

— Vim de família de caseiros numa fazenda paulista. Foram as patas das vacas, o andar desajeitado das galinhas, os vôos de borboletas e besouros, minhas lições fundamentais de mecatrônica. Não acredito numa solução que não contenha movimentos naturais, principalmente por estarmos lidando também com uma estranha forma de vida, um corpo celeste que parece ter tudo a ver com o Gnogglog. Não pretendo feri-lo com meu foguetinho, só fazer-lhe cócegas!

Jamiro ainda resistiu por alguns instantes, mas acabou cedendo:

— Ciência exata? Essa é uma definição conflitante para a matemática. Sabemos quanto podemos ser falhos e fomos nós mesmos que a criamos... acho que foi essa a principal lição que aprendi com vocês e com o Gnogglog. Faltam agora menos de dez minutos para a segunda expansão; dependendo do que acontecer, nem sei se poderemos tomar qualquer iniciativa em nossa defesa. Bastou a presença desse estranho asteróide na hora errada para que estejamos vivenciando ecos do que ainda nem houve. Como aprendiz das leis aritméticas, gostaria de desejar a todos, sem ironia, boa sorte.

25

JONATHAN VOLTA SORRATEIRAMENTE À SALETA. Traz embolado um uniforme de enfermeira e o entrega a Suelen. Ela se veste rapidamente e ambos saem em direções opostas, não sem antes verificar se não há ninguém no corredor.

Ele assumiria o plantão das 9 da noite e facilitaria a entrada dela. Mas o infatigável barulho mudou repentinamente, com três estrondos que se destacaram do rosnado metálico, fazendo Suelen desabar no chão de susto. Outros estampidos seguidos por intensos cachos de sons estremecem a base. Luzes brotam de todas as partes, os corredores se enchem de soldados apavorados.

Suelen preferiu se esconder num grande roupeiro. Por alguns segundos, o Gnogglog praticamente parou; restou apenas um ronco murmurado, um arranhar sombrio permeando tudo. A vibração se tornou mais amena, dando uma extraordinária sensação de alívio. Mas foi só um lapso.

Logo recomeçou mais estridente, com rosnares pavorosos e ondas contundentes atravessando tudo que fosse matéria.

Suelen ouviu a gritaria dos homens e tentou identificar a voz de Werhel, mas não conseguiu. Sai ainda tonta do roupeiro em direção ao complexo hospitalar.

O Gnogglog estabilizou-se num patamar ligeiramente mais elevado do que antes.

Homens uniformizados passam sem lhe dar atenção. Suelen atinge o setor de UTI. Jonathan atende um sargento que se contorce asfixiado. Como enfermeira, ela daria uma excelente jornalista... afasta-se instintivamente e senta-se numa cadeira.

— Senhorita, acompanhe-me, vamos verificar a paciente 235.

Ela se ergue de um salto e o segue. Entram na UTI onde os mostradores dos aparelhos denunciam o fim de Rosalba Carpentiere.

O doutor Breninger ainda tenta reanimá-la, mas "Os recentes arroubos do Gnogglog devem ter sido demais para ela".

Desolada, limpando o rosto na manga do jaleco, Suelen deixa a sala. Agora, ela precisa encontrar seu companheiro, precisa sair dali, não agüenta mais a pressão daquele dia.

Novos estrondos e vozes robóticas crescem acima do sombrio fundo ruidoso, provocando gestos convulsos nos soldados. Uma aterrorizante coreografia de gente agarrando-se a si mesma, saltando, como se tivesse as roupas cheias de abelhas, espalha-se pela base.

Werhel sai, finalmente, da sala do general Lintch. Apavorados, os dois encontram-se num vão externo.

— Vamos embora, pelo amor de Deus!

— Embora para onde, Suelen? Não há para onde escapar, esta merda está em toda parte...

Novo silêncio, ou quase-silêncio, assusta a todos. A bizarra coreografia se interrompe, as pessoas se entreolham... Suelen e Werhel estão meio abraçados, compartilhando seu pavor.

— É o nosso fim, a loucura coletiva vai nos matar.

— Tente se acalmar, Suelen, ainda não acabou. Haveremos de...

Volumosas ondas sonoras trazem o Gnogglog de volta mais ou menos no patamar anterior.

— Será que vai ficar assim, indo e vindo sem nenhum padrão?

A indagação dela ficou sem resposta. Werhel segura-a pelo braço e lhe atira um copo d'água na cara.

— Venha, venha, respire fundo, tente recuperar o fôlego.

Perdidos, aterrorizados, os soldados entravam e saíam de forma. Afinal, onde estava o inimigo, de onde vinha, como enfrentá-lo?

Seguindo seu inabalável destino, o Gnogglog estava se tornando cada vez mais instável, oscilando entre níveis insuportáveis e calmarias, sussurros alentadores.

— Era melhor quando não parava mas não mudava. Conviver com isto assim, agindo inesperadamente?... E eu que já tinha quase convencido Lintch a nos ajudar.

— Não há mais quem possa nos ajudar, professor, estamos fodidos!

Informes desencontrados davam conta de reações as mais absurdas. A Terra inteira fervia em eclosões de histeria, um medo paralisante congelava os movimentos, bloqueando atividades.

Werhel e Suelen encontram o carro em meio a um desses momentos de calmaria. Dirigindo atabalhoadamente, ela, por vezes, arrastava os pneus no acostamento de areia grossa.

— Para onde é que vamos, professor?

— Apenas dirija e nos tire daqui. Se queremos encontrar Genoveva, teremos de fazê-lo sozinhos.

— E como é que o senhor pretende agir?

— Perguntas, perguntas... Vamos aproveitar a folga do Gnogglog. Tente seguir mais adiante pela estrada principal, mas saia dela quando encontrar alguma periférica mais transitável. O laboratório pode estar perto da base, não o construiriam sem fácil acesso por terra.

Vagaram por toda a noite, entre pânico e alívio. Poucos carros dividiam com eles a madrugada. Por mais quatro vezes tiveram de parar, esperando encolhidos que os fatídicos sons vibratórios amainassem.

Suelen entrava e saía de estradas laterais, numa rota recortada. Afundavam e emergiam de volta na principal quando achavam que não havia o que procurar.

Alheio ao desespero coletivo, o sol rasgou o véu nublado, distribuindo brilho e forte calor. Suelen estaciona esbaforida frente a um pequeno café.

— Não consigo tirar da cabeça a imagem da doutora Carpentiere, ali, toda enrolada, morta! Quantos deles ainda restarão? O que terá acontecido com ela?

Ela não espera a resposta de Werhel, nem que ele desça do carro; salta e se atira no chão, entregue à incontrolável crise de choro.

Os quase-silêncios do Gnogglog ficam mais freqüentes; às vezes, duram mais de meia hora. As pessoas vão adquirindo um estranho ritmo de ação, falando e calando de acordo com os intervalos, agindo nas calmarias, e ficando paralisadas durante as nuances.

Suelen e o professor Joensberg comem voluptuosamente seus fartos desjejuns. Ovos mexidos, pães, frios e queijos, uma jarra de suco e duas fundas xícaras de chocolate para cada um. A refeição lhes produz certa paz. Com as idéias um tanto mais equilibradas, Werhel estuda um mapa que adquiriu no café. Claro que não há menção alguma ao laboratório, mas ele procura locais onde tal coisa poderia ser construída:

— Veja aqui, Suelen, há um grande setor sem descrição. É margeado por uma estradinha, fica num vale, mais ou menos a 180 quilômetros de onde estamos. Bem pode ser nosso laboratório...

Os agudos olhos de repórter dela esquadrinham a região apontada:

— É, pode ser.

— Fico me perguntando: essa equipe científica já está reunida faz bom tempo. O Gnogglog cresceu em duas semanas e agora isto. Que é que estão fazendo lá? Por que não dão sinal de vida? Será que nosso destino é tão terrível assim que não mereça nem algum aviso, alguma direção deles?

— Já cansei de pensar nisso também, professor. Prefiro fazer de conta que agem assim por estarem ocupados demais tentando resolver o problema.

— Bem, já que houve essa mudança tão fugaz no geral, vou contar-lhe o que de fato me trouxe aqui, por que a contratei e o que pretendo ou pretenderia fazer. Se fracassarmos, você saberá o que dizer à imprensa por mim. Quero que seja minha voz, portadora dessa história. Mas, entenda: ainda não desisti; vou esgotar os recursos que tiver à mão para encontrar Genoveva Pavlinski, vou manter tudo andando conforme planejei. Meu Deus falará ao mundo, trará de volta a esperança, o senso de solidariedade, a verdadeira noção de compaixão. Será o grande oásis das almas sofridas e doloridas, será o refúgio das mentes tão abaladas por este amaldiçoado Gnogglog.

26

Matheus Gebara ouve nitidamente o chamado da morte. Não há mais temor ou dúvida, desespero ou vontade de reverter as coisas. O corpo, já enregelado, adormece encaixado na poltrona da nave, prestes a ser despejado no espaço. Desperta e lúcida, a mente processa com total clareza o que lhe foi aferido nos últimos minutos.

Depois dos encontros com Rosalba na pracinha crepuscular, uma doce letargia tomou-o por inteiro. Ele acompanhou a imagem dela perdendo presença e energia, e percebeu a calma, a suprema paz com que ela se entregou ao nada. Alguma coisa, porém, o mantinha ativo, consciente de seu estado: seria Greta?

Sentimentos, essas extraordinárias forças vivas que habitam nosso coração! Amor, que indescritível capacidade de sintonia atravessa tempo e espaço interligando seres!

Ele revive em segundos calorosos momentos de ternura e paixão. Compreende que em seu amor por ela está representado todo o seu bem-querer por todos os seres humanos. Ele sabe quanto suas informações serão necessárias à equipe para desmanchar a teia geradora do Gnogglog. Em posição privilegiada, estendeu seu olhar atento e descortinou grande parte da equação.

Mas Greta, tão insensível aos seus argumentos, tão convicta da natureza material de tudo, abriria algum canal para ele? Certamente confundiria qualquer sinal de sua presença com inúteis jogos mentais. Chamaria a mensagem intuitiva de simples apelo de um coração saudoso. Como, então, orientá-la sobre o asteróide?

Ele teria de demonstrar que se tratava de uma criatura, mescla de carbono e complexas cadeias de algo que mal se poderia chamar de DNA. Teria de fazê-la entender que a criatura viajava extensas distâncias sem nenhum distúrbio graças à sua composição biológica.

Filho de estrela, o ser asteróide desprendera-se como antena viva da mãe, um dos milhões de corpos celestes constantes da Ursa Maior. Fugindo de toda atração gravitacional que pudesse derrubá-lo, o astro-ser passa ao largo de planetas, satélites, até outras estrelas, colhendo e enviando toda informação possível à sua origem.

MAIS EXTRAORDINÁRIA FOI A FORMA COMO Matheus soube de tudo isso. Feito desenho animado com artística riqueza de detalhes, a história do astro-ser lhe foi apresentada assim que Rosalba desapareceu levando a pracinha com ela.

Era inegável que a criatura entrara em sua faixa de sintonia propositadamente, criara uma maneira de contar-lhe sua história e fazê-lo compreender seus intentos. Antena viva que era, deve ter captado ondas cerebrais dele e traçado um perfil através do qual gerou o desenho.

Matheus tinha agora de agir rápido, aproveitar o fato de estar posicionado no limiar do desconhecido, sem qualquer empecilho espaço-temporal. Sabia que o astro-ser se encontrava a menos de treze dias da Terra, viajando na velocidade e seguindo o curso observado.

Inicialmente, tentara com Jamiro simulações em que desenvolveram um asteróide virtual, construindo-o com os dados de que dispunham. Foi assim que teorizaram a possibilidade de lidar com um ser vivo e traçaram um curso de interceptação para um pequeno foguete. Em paralelo, outros fatos acabaram tomando conta da cena e tais informações não foram priorizadas.

O asteróide virtual que Jamiro e ele criaram era por demais primário, porém representava fragilmente o original. É que a consciência, com suas regras e restrições, acabava interferindo, filtrando o que poderia ser válido e acrescentando suposições. Diante de Matheus agora pairavam claras as diferenças e complementavam-se as semelhanças.

Decisões teriam de ser tomadas de imediato: o que dizer a ele? Avisá-lo da catástrofe gerada por sua passagem? Pedir-lhe cautela em recolher dados da Terra? Explicar-lhe as ilações feitas a partir de sua aproximação, do eco produzido ao contrário, do Gnogglog?

Poucas mentes no planeta contavam com o privilégio de um acervo tão metódico e profundo em conhecimentos de física. Até onde ele sabia, qualquer alteração no curso da história poderia aprisionar a vida terrena num eterno looping, indo e voltando do começo ao começo do Gnog-glog. Bastaria que o fenômeno que deu origem ao ruído vibratório fosse retardado ou evitado.

Melhor será, então, expor tudo à criatura, inteligência superior que demonstra ser, ela bem poderá ajudá-los a encontrar uma saída possível.

As primeiras falhas sérias apresentam-se fazendo a nave trepidar e perder altitude. Matheus é trazido aos trancos de volta ao corpo. Ardendo de frio, ele mal respira, sabe que precisa se aquecer, pelo menos por mais alguns minutos. As mãos congeladas perdem sensibilidade e sangram esbarrando nos controles.

Com impulsos desordenados, ele avança o tronco esticando os braços, buscando o sistema de climatização. É quando seu pé esbarra em algo no chão atraindo seus olhos bêbados: Janine e o oficial médico jazem inertes, a cara retorcida, lavada de sangue.

Uivando seus mais secretos instintos animais, Matheus comprime os botões... forte onda de calor toma a cabine toda. Ele suspira o pouco ar que tem, recostando-se de volta.

Surge-lhe, então, uma nova idéia: usando a telemetria, ele age como se quisesse retomar contato com o laboratório. Liga o microfone:

— Se pode me ouvir, transmita algum sinal confirmando.

Coincidentemente ou não, a tela se iluminou bruscamente, depois apagou. Poderia ser um curto geral... Matheus só conseguia gritar: "Gre!, Gre!...".

A nave entrou em pane generalizada: sem combustível, os motores se desligaram, todos os sistemas entraram em falência. Mais dois ou três minutos e não haveria mais como sobreviver.

Matheus ouve de novo o chamado da morte, mas seria isso mesmo? Realidade e irreal já se tornavam partes de um único contexto.

— Não tenho como aliviar sua dor. Entendo que a vida é tudo que importa em vocês e a sua se extinguirá logo. Sou o que chamariam de biblioteca, colho dados de todas as civilizações por onde passo e os retransmito a elas e ao grande cérebro. É dele a missão de organizar certas regiões do cosmos, entre as quais a Terra. O impacto que minha passagem pode produzir, não me compete diminuir ou acrescer. É função da humanidade preservar tudo que favoreça existir, conviver, evoluir. Já constatei alterações viscerais em diversos núcleos sociais, planetas por onde passei apenas buscando recolher informações. Já me consideraram inimigo, fonte de desarmonia, vírus cósmico destruidor, mas tudo que faço é compilar o que apanho e retransmitir. Cada povo, cada civilização, ao receber de uma vez só o que colhi, tem a chance de se espelhar, de perceber os erros e procurar maneiras de corrigi-los. Outras criaturas como eu já transitaram por seu sistema solar, disfarçadas de inanimados corpos celestes. A última delas passou próxima da Terra há 7 milhões de anos. Sei que é muito tempo para os humanos, mas é menos de sete minutos nas proporções dos mundos existentes na Ursa Maior.

Matheus fixa, num derradeiro esforço, a imagem de Greta deitada em sua cama: rosto levemente virado contra a parede, olhos semicerrados. Imagina-se abraçando-a, despertando-a docemente, repetindo-lhe ao ouvido tudo que ouve do astro-ser.

A estrutura da nave atinge o colapso, espatifando-se contra o infinito, promovendo clarões quase imperceptíveis diante do lume solar. O doutor Matheus Gebara transpõe assim os limites da vida. Foi como enorme susto, indolor, ser vivo cuja luz se funde às luzes sem fim do universo.

27

Isolados em suas câmaras, depois de avaliar as proporções da segunda expansão, os seis companheiros caíram num sono inteiramente provocado pelo cansaço. Não havia mais como pensar, articular algum raciocínio decente. Demarcaram um prazo de seis horas para se reencontrarem.

— Parece que vencemos o primeiro round, não é?

— Sim, senhor, doutor Cabrera. Dá a impressão de que estamos fazendo a coisa certa. Houve considerável distorção no eco, no Gnogglog. O que será feito no futuro já influenciou o presente e sem mexer com o passado, devo dizer.

— Sim, Zelu, espero que não se importe por chamá-lo assim.

— Absolutamente, Genoveva.

Naylim Koan, contudo, não participa do clima de comemoração:

— Quem nos garante que esta distorção é benéfica? Isso só nos dá conta de quanto erramos em nossas previsões. O Gnogglog pode ter se alterado em níveis impossíveis de calcular. Podemos estar vivendo uma trégua em que o inimigo prepara seu tiro de misericórdia.

— Felizmente, não é o que esta tabela nos diz. Parece que nossa música funesta está perdendo volume e capacidade de vibração.

Jamiro fala enquanto exibe seus cálculos. Percebe-se que o Gnogglog agora presenteia a Terra com intervalos cada vez maiores de quase-silêncios. Tem picos elevados de presença, mas...

— Que será que faremos, que decisões tomaremos para que este eco ao contrário já tenha diminuído? E se partirmos de pressupostos errados e o fizermos crescer de novo?

A reunião é quebrada por um chamado da base: o general Oliver Lintch conta-lhes da visita de Werhel e Suelen, interrompendo as reflexões de Marjory.

— Eles partiram durante a confusão causada pelas alterações do Gnogglog. Não sei para onde foram, imagino que tentarão chegar até aí.

— E o que o senhor nos sugere fazer?

— Eu mesmo vou tentar interceptá-los, general Koan. Já designei algumas viaturas para localizarem o carro deles. Só não o fiz antes porque tivemos alguns problemas durante a noite.

— O senhor faz alguma idéia do que ele quer?

— Bem, doutora Pavlinski, é com a senhora mesmo que ele quer falar. Contou-me uma história bem apropriada para um gibi, um caso de cumplicidade internacional... Este Gnogglog está mesmo mexendo com a cabeça de todo mundo...

— Por favor, general Lintch, conte-nos tudo com a maior riqueza de detalhes, precisamos saber.

— Sim, senhora, sorte que gravei a conversa a partir de certo ponto. Parecia uma coisa tão absurda quanto real!

Novas erupções sonoras e vibratórias cortaram as comunicações por quase uma hora. Quando foram restabelecidas, puderam ouvir a narrativa de Werhel do ponto em que dizia:

— Preciso ao menos contar-lhe como cheguei ao que pretendo fazer: tem uns cinco anos, investi considerável fortuna em pesquisas junto a um...

Desmascarou-se por fim o projeto dos holo-defletores, conheceram-se na íntegra os planos de Werhel Joensberg.

— Gostaram da história? Por mim, mandava internar!

— Acontece, general Lintch, que o cara parece ter feito ou vai fazer tudo que disse.

— E como sabem disso, doutora Underson?

— Não nos sobra tempo para esclarecer essa questão. Pedimos que o localizem o mais depressa possível.

Perplexos, eles passam a discutir alternativas. É Genoveva quem propõe:

— Deixem-me falar com ele.

— Em minha visão de estrategista, será a pior coisa a fazer.

— E por quê, Naylim?

— Você já tentou. Ele provavelmente quer convencê-la a mudar de idéia. Será um debate inútil, dadas as circunstâncias.

Jamiro desvia o rumo da discussão levantando questão ainda mais complexa:

— Mais importante do que escolher um porta-voz é saber o que dizer a ele. Temos de cercar todas as possibilidades.

Marjory concorda acrescentando:

— Teremos pouquíssimo tempo e alguém convicto de sua postura. Convencê-lo, por exemplo, a desistir, será quase impossível.

Zelu aponta a tela onde os cálculos de Jamiro persistem:

— Ele não pode em hipótese alguma deixar de transmitir sua mensagem, abrir a boca de Deus! Se não o fizer, não haverá Gnogglog e, não havendo Gnogglog, só mesmo o criador verdadeiro sabe o que nos acontecerá.

— No mínimo, vagaremos do início ao início deste pesadelo eternamente.

— Por favor, Jamiro, isso é um nó! Não haveria jeito de dizê-lo com menos alegorias?

— Infelizmente não, Marjory.

Tão próxima deles, tão distante, Greta dividia-se entre espectadora e ausente. Deliciava-se com a última imagem que lhe viera durante o sono: seu Matheus, abraçado a ela, murmurando-lhe coisas...

Percebendo-lhe a palidez, a respiração meio ofegante, Marjory observa:

— Tudo bem, Greta? Que é que está havendo?

— Senti como nunca a presença dele. Desde... que ele se foi, foi mesmo tão forte!

Novo chamado da base; Lintch os alertava para algo que, dizia, era de vital importância:

— Durante um dos intervalos do Gnogglog, nossos instrumentos captaram uma transmissão entrecortada. Nela, a estação espacial onde estava o doutor Matheus Gebara tentava contato. Vou passar-lhes o áudio.

Todos ouviram quase em choque Matheus em meio à grande interferência:

— Se pode me ouvir, transmita um sinal confirmando.

Lintch voltou a falar:

— Essa mensagem foi transmitida sete minutos antes do que captamos como a explosão da estação.

Greta se desmancha em uma crise histérica. Marjory tenta acalmá-la. Entre soluços, ela insiste em gritar:

— Ele esteve comigo, falou comigo, sei que esteve.

— Greta, calma, calma! Quer que eu tente hipnotizá-la?

A sugestão pareceu exercer mágica influência. Greta fez o que pôde para retomar o controle. Marjory, então, aproximou-se e iniciou o procedimento. Logo que dormiu, Greta entregou-se por inteiro à hipnose.

— Agora você está envolvida em serena paz. Está em sua câmara, não está? Quer me dizer o que está acontecendo?

— Não estou na câmara, não. Estou mesmo é em casa, na minha cama tão gostosa...

— Tem alguém aí com você?

— Claro que tem, meu Matheus. Só que ele está tão abatido!... olha!, está dizendo que...

Ela se agita à beira de uma convulsão.

— Escute, Greta, não há motivo para perder a calma. Está tudo bem.

— Mas ele está morrendo, está indo embora...

— Vamos voltar um pouco então. Vamos para o ponto em que ele chegou. Como está?

— Sim, sim. Agora posso vê-lo e ouvi-lo bem melhor. Quer que eu lhe diga o que ele está dizendo?

— Diga-me, sem pressa.

Greta repete, com algumas alterações de palavras, o que Matheus ouviu do astro-ser. Toda a história de suas viagens, sua missão, as reações das civilizações à sua passagem.

— Bem, muito bom. Agora sinta uma agradável nuvem refrescante envolvendo-a da cabeça aos pés. Durma serenamente, serenamente...

Deixaram-na dormir. Foi Genoveva quem quebrou o silêncio:

— Mudar o presente para que tenhamos um futuro melhor, isso me parece coerente; mas mudar o futuro para que não estraguemos o presente...

Não houve quem discordasse dela.

28

A perseguição era intensa: dois carros da base aceleravam nos calcanhares de Suelen. Ela apertava o volante na estúpida intenção de obter mais velocidade. Werhel dormitava no banco traseiro quando sentiu os impulsos do veículo mais e mais fortes.

— Que é agora? Mais Gnogglog?

— Não, professor, são viaturas da base, querem nos pegar.

Entraram num trecho sinuoso, repleto de curvas fechadas. Suelen viu quando os dois carros de repente se separaram. Tentaram abordá-la pelas laterais, só que, para sorte dela, um deles derrapou, despencando numa ribanceira profunda; desgovernado, desabou de vez entre rochas. O outro persistia bem atrás.

— Faça-o parar, ele ainda não me viu. Diga que vai se entregar que eu faço o resto.

Suelen encosta fritando os pneus. A viatura freia fechando sua frente e dois soldados saltam abordando-a, um em cada janela.

— Por favor, senhora, desça e ponha as mãos no capô.

— Que desaforo, sargento, tenho cara de senhora?

Suelen obedece. Enquanto o homem que a abordou faz uma revista, Suelen diverte-se, provocando-o:

— O que acha, fico bem de enfermeira? Quer que eu tire tudo? Está um calor...

Distraído pela performance dela, o soldado nem se dá conta de que seu parceiro foi dominado por Werhel. Portando uma arma, o professor salta e ordena ao outro:

— Deite no chão, agora!

Suelen retira a arma e Joensberg comanda:

— Traga-o para dentro do nosso carro, Já amarrei bem o companheiro dele. — Werhel tira a jaqueta e improvisa mordaças para os dois. — Amarrados no banco de trás, com os quatro pneus furados, eles não poderão se mexer por um bom tempo.

Ele ainda compõe um uniforme usando peças de seus perseguidores; convida Suelen e embarcam no carro da base seguindo velozes, não sem antes arrastarem o veículo em que estavam até o ocultarem entre árvores.

— Lintch deve ter enviado mais gente atrás de nós. Vamos confundi-los enquanto estivermos vestidos assim e num carro deles.

— E para onde vamos agora?

— Continuamos procurando o laboratório. Agora, tenho certeza de que está por perto, ou eles não estariam tão preocupados com nosso paradeiro.

— E se, ao encontrar Genoveva, ela não quiser cooperar?

— A ocasião me dará inspiração. Saberei o que fazer.

Uma terrível recaída do Gnogglog fez a viatura bambear com o susto de Werhel. Tiveram de parar entre caminhões que desfizeram o comboio e espalharam-se ao pé de íngreme subida.

Alaranjado, intenso, o sol demonstrava uma tarde soberba. Nenhuma nuvem borrando o céu. O vale surgiu-lhes pendendo para a esquerda e avistaram larga e baixa construção. Suelen assobiou baixinho alertando-o:

— Acho que é lá.

— Por precaução, descemos aqui e seguimos andando.

O rádio do carro deu o alarme:

— Atenção, atenção, passageiros deste carro, já os rastreamos por GPS. Sabemos quem são. Permaneçam dentro da viatura, vamos enviar um grupo para escoltá-los.

Sim, eles puderam ouvir os outros carros que os procuravam mas, com as recentes pontadas do Gnogglog, o rádio silenciou.

— Acharam nosso carro mais cedo do que eu esperava. Maldito GPS...

— Que é que vamos fazer, Werhel?

Abrindo caminho entre os caminhões estacionados, três viaturas vinham manobrando até fecharem totalmente a deles. Cerca de oito homens saltam já com as armas apontadas. O que parecia seu líder avançou quase se encostando na janela de Suelen:

— Não queremos confusão. Gostaríamos que os senhores abandonassem a viatura com as mãos onde possamos ver.

— Ah, é? Pois eu gostaria de avisá-los de que sou jornalista e tenho um celular ligado diretamente com a redação do... Não importa. Tudo que fizerem ou disserem contra nós estará sendo transmitido ao vivo para lá.

Os demais homens iniciam um procedimento de "limpeza do setor", afastando os caminhões e isolando a área. O tenente Murdok continua negociando a rendição:

— Professor Joensberg, peço-lhe que chame sua companheira à razão. Não há motivo para alardes, podemos resolver isto entre nós.

— Podemos, sim, desde que me permitam falar com a doutora Genoveva Pavlinski.

— Não sabemos onde ela está.

— Vocês podem não saber, mas o general Lintch sabe. Levem-me ao laboratório onde a equipe científica está alojada. Podem até me vendar...

— Levar o senhor sozinho? De jeito nenhum, terei de ir também.

Pelo celular, Suelen de fato transmitia o que estava acontecendo à redação do *New York Times*, pois apertara o *redial*. O que a preocupava era sua bateria, que estava a ponto de acabar. Talvez só tivesse carga para mais meia hora.

Outra aguda manifestação do Gnogglog assumiu níveis ensurdecedores... Por uns três minutos todos se encolheram enfiando as mãos nos ouvidos. A vibração era tão intensa que alguns vidros de carros se quebraram. Depois, depois o silêncio, pela primeira vez, nenhuma vibração. Durou menos de quinze segundos, mas foi como se destampassem os tímpanos de toda a humanidade. Pena que os rosnados metálicos, as vozes robóticas, as chapas sendo arranhadas, voltaram na mesma intensidade em que estavam horas antes, fazendo vibrar de novo tudo que fosse matéria.

O tenente Murdok, Suelen e o professor, os demais homens, reassumiram suas posições e atividades.

— Professor, que tal se demonstrássemos cooperação descendo do carro e...

— Fale baixo, Suelen, não espera que eles sejam gentis conosco, espera? Lintch quer me deter, não acredita na eficácia dos meus planos, acha que sou apenas mais um maluco. Não sabe que as coisas estão andando mesmo sem a minha presença. Os holo-defletores estão sendo instalados, espalhados pelo mundo. No momento previsto, Deus despertará.

— Mas, e todas estas mudanças no Gnogglog? Acha que não mudaram as intenções de seus parceiros?

— Precisarei dar uns telefonemas, apenas para confirmar ordens e verificar prazos. Empreste-me seu celular, perdi o meu na luta com o soldado.

— Então temos um problema, só tenho bateria para uns minutinhos de conversação.

— Senhores, quero avisá-los de que recebi ordens superiores. Tenho ordens para que desçam pacificamente do carro e se entreguem, senão...

Atarracado, nariz grosso e lábios sempre entreabertos, olhos profundos de um cinza escuro à la bad boy, Murdok parecia possuído ao fazer o anúncio.

— Traga aqui o general Lintch, a partir de agora só falaremos com ele, ninguém mais.

Enquanto Werhel discutia com Murdok, Suelen murmurava no celular. Todos os olhos foram guindados então por forte ruído vindo de cima: dois helicópteros pairavam, perscrutando o lugar. Logo se descobriu que eram de redes de televisão.

— Ufa!, pensei que não daria tempo. Ainda bem que chegaram; minha bateria já se foi.

29

INESPERADO TEMPORAL DESABA SOBRE O OESTE da Austrália. Anoitece, complementando a atmosfera sombria de velho filme de terror... Trovões robustos somam-se ao Gnogglog, ventos sopram agudos apelos.

No laboratório, a notícia da confusão causada por Werhel e Suelen a uns cinco quilômetros dali abala ainda mais o emocional já tão castigado dos seis cientistas.

Embora os helicópteros tivessem de se afastar por conta da tempestade, repórteres de todo o planeta foram convocados. Dezenas deles desciam de jipes e peruas, encharcavam-se com suas câmeras, microfones e celulares.

Menos de quatro horas foram necessárias para atrair uma grande concentração de imprensa e curiosos, aglomerados ao longo da faixa protegida pelos militares.

Oliver Lintch, obrigado a deixar o relativo conforto de sua sala, veio comandar pessoalmente a operação na qual se propunham a retirar Werhel e Suelen da viatura roubada. Experiente em missões de guerra, mas despreparado em diplomacia, se irritava facilmente com atitudes pouco previsíveis. Jamiro e Zelu trataram de esclarecer o que podiam, quer dizer, o que coubesse na mente curta dele.

Um breve relato contendo apenas o estritamente necessário foi feito e Lintch também pouco se importava com detalhes. Importante era saber que Joensberg não era uma pessoa comum e seus próximos passos poderiam trazer a solução ou a total desgraça.

— Lintch o quer sob controle e eu concordo. Faria o mesmo em seu lugar.

— Também concordo, Koan. Poderíamos estabelecer mais facilmente o que fazer. Pelo seu perfil, não me parece que aceite alguma orientação, por mais confiável que seja.

— Pois é, Marjory. Por isso, proponho que seja você a falar com ele. É a mais preparada entre nós.

A idéia fomentada por Naylim era enviá-la como representante do grupo para tentar estabelecer uma aliança.

— Na verdade, creio poder atingi-lo. Não quero que sejamos uma ameaça para ele. Simplesmente sabemos de coisas que ele não sabe, mas precisa saber. Werhel não é bobo nem me parece louco o bastante pra contestar os fatos.

Eleita por unanimidade, Marjory partiu e em poucos minutos estava posicionada a oito metros da janela da viatura ocupada pelos dois sitiados.

Lintch anunciou-a:

— Está aqui uma representante da equipe científica, doutora Marjory Underson. Se permitirem, ela avançará sozinha para conversar com vocês.

Werhel e Suelen ponderaram um pouco e concordaram. Tão logo Marjory se aproximou, Suelen abriu a porta traseira para que ela entrasse. Acomodada, depois de longo suspiro, falou:

— Não vim para combatê-los. Nós sabemos, professor, de seus holo-defletores, de sua mensagem divina, seus arranjos internacionais. O que o senhor não sabe é das conseqüências que o futuro já está nos causando. Podemos provar que o Gnogglog brotou de sua mensagem, de seu Deus.

— Definitivamente, doutora, essa é a maior injúria que poderiam criar. Estão querendo desfazer um contrato que só traz vantagens a todos. Será que algum grupo dissidente está por trás disso?

— Não pertenço a nenhum monopólio ou organização. Estou aqui trabalhando para todos nós. Meus companheiros e eu estamos dedicados a encontrar e aniquilar o Gnogglog. Pois bem, o encontramos e precisamos de sua ajuda para isso.

— Se sabem de minha mensagem, sabem que meu Deus jamais causaria algum mal à humanidade. Nela, Deus diz: "Ao se conhecerem, me conhecerão. Ao me aceitarem, amar-se-ão. Seu único louvor a mim, a compaixão. Minhas leis são simplesmente em prol de realizar tudo que não seja explorar seu semelhante".

— Genoveva nos contou de seus planos e ouvimos uma gravação feita pelo general Lintch. Entendemos seus propósitos. Acontece que houve, digo, haverá, uma interferência externa. Ainda estudamos seus efeitos, mas podemos afirmar: o Gnogglog surgirá do futuro, da fusão das palavras do seu Deus e a presença desse corpo celeste. Trouxe-lhe provas disso.

Marjory exibe um palmtop. Nele, estão compactadas imagens e textos apresentando uma explanação dos fatos mais recentes: a conexão entre o que Matheus disse através da sessão de hipnose de Greta, os dados recebidos por Jamiro da estação espacial, as palavras sussurradas por Rosalba e a simulação demonstrando ser o asteróide uma criatura, não um pedaço de estrela.

— Quer me dizer que meu Deus atraiu essa coisa para cá? Ou quer provar que sou responsável pelo Gnogglog? Ou quer que eu acredite...

— Não se trata de querer, professor. Trata-se de fatos, fatos que ainda ocorrerão, mas que já trazem conseqüências graves ao presente. Precisamos de sua total cooperação. Historicamente, sua mensagem deverá ter sido transmitida conforme ou quase conforme o preestabelecido. Assim, ela será rebatida pelo astro-ser e retransmitida à Terra. Por alguma razão que ainda desconhecemos, houve uma reação atômica, fazendo com que a mensagem ecoasse de forma desencontrada, e o que é pior, ecoasse de frente para trás, daí o Gnogglog.

Suelen permanecia calada, observando atitudes e reações. Diante das últimas explicações de Marjory, porém, resolve falar:

— Esses caras não estão aqui para inventar histórias, professor. A última coisa que temos é tempo a perder com caraminholas inúteis. Acho melhor ajudá-los... por que não vamos ao laboratório nos juntar a eles?

Com os olhos rubros, dentes trincando, Werhel respira como se fosse sua derradeira respiração:

— Não entendem? Esse asteróide veio confirmar minha teoria cósmica! Estamos condenados por nossos próprios erros. O universo não nos quer mais existindo.

Os temores de Marjory vão se concretizando: a paranóia enraíza-se, gerando razões muito bem encadeadas. Paranóicos tornam-se convictos de possuir tesouros inexpugnáveis, segredos fundamentais, pistas incontestáveis de comportamentos escusos, por isso são perseguidos. Ela busca manter a calma, mas seus olhos a denunciam.

— Por que me olha desse jeito? Ah, teme o fim, teme que lhe aconteça o que você mesma quis que acontecesse? Pois eu não. Sempre soube que somos os rins do universo, pela Terra passam o mal extremo, o bem absoluto. Agora eu sei, tentei criar um Deus apaziguador, catalisador das aspirações mais primais, astuto demolidor de medos e dúvidas. O cosmos respondeu enviando um carrasco, um algoz da raça humana. Ele nos dará a merecida extrema-unção.

Marjory percebe os movimentos de Joensberg: leves e velozes tremores nas mãos, as pernas debatendo-se rápidas no chão do carro. Olhos quentes, transbordando vermelhidão, ele pisca quase imperceptivelmente para Suelen, que o observa. Embriagado em sua própria adrenalina, ele continua:

— Vocês ouviram, esse asteróide funciona como espelho, retransmitindo o que capta de nós para nós. Ele fez ecoar minha mensagem divina por todos os átomos, amamentando o Gnogglog. Tão catastrófica é nossa conduta que o eco se reverteu, nos atingindo antes mesmo que Deus falasse. Que maravilhoso será o dia, o dia do juízo final. Diferente dos prenúncios bíblicos, diferente das condenações espíritas, até dos infinitos meios de redenção cármica. Que extraordinária música vinda do futuro embalará o fim de tudo!...

A gargalhada irônica de Suelen corta o ar. Marjory se encolhe no banco prevendo o pior. Embargada pelas risadas, a jornalista se preprara para descer do carro:

— Não fico aqui nem mais um minuto. Esse cara enlouqueceu, preciso descer, estou com a bexiga transbordando...

Um tiro à queima-roupa fez-lhe o sangue espirrar das têmporas. Marjory, apesar do susto, sabia que algo assim estava para acontecer.

30

AGORA TUDO VIBRA E RESSOA EM ONDAS MAIS volumosas e a intervalos bem maiores de calmaria. Passa-se mais tempo sem agressões do Gnogglog, mas, quando elas vêm, são bem mais inoportunas e causam muitos estragos.

Jamiro e Zelu se revezam nos cálculos, concentrando esforços para que seu pequeno foguete seja lançado a contento. Paralelamente, Greta trabalha no combustível desenvolvido a partir de lixo biológico.

Genoveva e Naylim, por suas qualificações, acompanham passo a passo as negociações de Marjory.

A situação adquire real dramaticidade com o assassinato de Suelen. Werhel decide manter a doutora Underson como refém, exigindo a presença de Genoveva. Mais do que nunca, ele carece de quem lhe dê crédito, alguém suficientemente abalizado para reafirmar as propostas de seu Deus. Naturalmente, não se abalou por ter eliminado Suelen; afinal, todos seriam mesmo eliminados...

O vai-e-vem da imprensa era cada vez maior, emissoras de rádio e TV montaram estúdios móveis sofisticados, jornais e revistas enviaram fotógrafos que enchiam a noite com flashes e mais flashes... amadores, internautas, até artistas, juntavam-se em acampamentos improvisados.

Quando o Gnogglog atacava, tudo parava, aguardando o próximo intervalo para prosseguir. Agiam todos como estátuas vivas, congeladas ao primeiro vibrar sonoro mais alto e ressuscitadas tão logo a sinistra composição estancava.

Assim, as coisas andavam aos saltos, ao sabor do Gnogglog, ritmo quebrado no que se quisesse fazer ou dizer.

Ao fim do terceiro dia de tensão, o cerco mantido pelo general Lintch foi aberto. A viatura em que permaneciam Werhel, Marjory e o corpo inerte de Suelen passou pelos guardas, pelos inúmeros carros dos curiosos e da imprensa e seguiu na direção do vale. Ninguém foi autorizado a acompanhá-los.

Orientado por Lintch, Werhel dirige até a entrada do laboratório, sai do carro usando Marjory como escudo humano e entra no prédio.

Durante aqueles três dias, Joensberg exigiu provas reais de que seus planos estivessem em andamento: milhões de holo-defletores construídos e secretamente instalados por todo o planeta. Era assim ou Marjory seria eliminada e ele se mataria, causando desgraça de proporções incalculáveis. Quanto à mensagem, ele a tinha de cor; não quis registrá-la em nenhuma linguagem ou fórmula. Ao ser transmitida, tradutores fariam simultaneamente a transmissão em todas as línguas mais populares.

A imagem de seu Deus fora também minuciosamente estudada: composta a partir dos ícones sexuais de todos os tempos, apresentaria um quarentão de músculos proporcionais, rosto revestido da serenidade capaz de acalmar qualquer neurastenia.

Genoveva teria finalmente concordado em apresentar-se a ele mas, por idéia de Koan, Werhel foi convencido a ir ele mesmo ao laboratório. De acordo com o general vietnamita:

— Em nosso território teremos sempre vantagem.

Levado à sala de reunião, Werhel ordenou que todos, inclusive Marjory, o deixassem a sós com Genoveva:

— Peço-lhe que não se culpe pela morte de Suelen. Ela é apenas mais uma vítima, foi-se antes de nós.

— Professor, não me culpo, ao contrário, louvo sua coragem.

— Não seja insolente, doutora; é péssima atriz. Sei que me abomina pelo que fiz e farei. Não subestime minha inteligência somente porque estamos vivendo o que estamos.

— Pois bem, Werhel, como se sente? Tem-nos todos nas mãos. Não é o que sonhava, o que mais queria? E agora?

— Pensei que você fosse mais sagaz, vejo que teme a morte igual aos outros. Onde estão os princípios de reencarnação dos quais falou com tanta ênfase?

— Qualquer Deus de qualquer religião ensina-nos a sustentar a vida, deu-nos o instinto de sobrevivência.

— Instinto que trocamos pela ganância, pela insensibilidade, pelo ódio. Todos sabemos dos venenos que diariamente aplicamos em nós nas drogas, no desmatamento, na escravidão cultural, no estrangulamento da educação...

— E você acha então que devemos morrer?

— Estamos nos matando todos os dias; seria uma questão de tempo, de alguém qualificado para fazer isso.

— Então por que é que insiste em transmitir sua mensagem? Seu Deus falará a quem?

— Se o eco produzido por minha mensagem foi revertido contra nós, outros a verão e ouvirão, não é lógico?

— Que outros, seu idiota? Estaremos todos mortos! Até aqui, parece que conseguimos evitar o pior. Mas, se tudo acontecer como está previsto, sem que façamos algo, o momento em que sua mensagem for transmitida dará início a uma reação...

— Seu companheiro Jamiro já demonstrou no computador... o planeta inchará até desmanchar-se num único bum.

— Mas houve uma reversão, o eco da transmissão recuou no tempo. Isso quer dizer que podemos fazer algo para evitar o fim.

— Isso quer dizer que fomos avisados, que devemos nos preparar para o fim.

Koan entra precipitadamente na sala:

— Acabam de anunciar: o asteróide mudou de curso.

— Como assim?

— Não sei direito, doutora, não entendo muito dessas coisas. Só sei que o desastre está para acontecer.

Apanhado de surpresa, pasmo, Werhel agita freneticamente a arma, apontando-a ora para Naylim, ora para Genoveva.

— Façam algo, detenham-no, não permitam que ele nos abandone!

Rapidamente, usando técnicas chinesas de combate, Naylim se atira sobre Joensberg e toma sua arma. Depois, o imobiliza no chão enquanto os outros o amarram.

— Vocês não terão, nem a mim nem à minha mensagem. Mudarei a história, será ainda pior, muito pior...

Numa tentativa extrema, Werhel tomava fôlego e tentava não respirar. Seus pulmões, no entanto, não lhe obedeciam, fazendo-o espumar de raiva.

— Vou morrer, imbecis... vou morrer para que todos morram!

Aproximando desesperadamente os pulsos da boca, ele agora tentava mordê-los.

— Mesmo que eu sobreviva, não direi uma palavra da voz de Deus!

Deixaram-no gritando, esperneando feito um animal aprisionado, e reuniram-se na sala de refeições. Estavam para iniciar a discussão quando o Gnogglog se manifestou em rajadas cruéis de sons e vibrações. Tiveram de esperar por mais de duas horas o próximo intervalo.

— Será assim até o clímax e quando for, se é que será, transmitida a mensagem divina.

— Acho que ele não vai falar, Zelu.

— Olha, Jamiro, alguma coisa foi feita, algo distorceu o eco, nem houve a segunda expansão...

— Houve, sim, Zelu, apenas foi diferente, menor do que imaginávamos.

Genoveva os interrompe:

— Nosso professor se calou, não é estranho?

A poça formada com o sangue que descia suavemente pelo corredor antecipou a tragédia: nas trepidações provocadas pelo recente ataque do Gnogglog, vidros da janela próxima de onde Werhel estava preso se quebraram. Ele conseguiu apanhar um caco e cortou os pulsos. Quando o encontraram, jazia inteiramente exangue.

Os oito dias seguintes foram preenchidos por trabalho exaustivo. Na madrugada do décimo primeiro dia antes do Bum, o projétil montado foi declarado pronto para o lançamento. Jamiro expôs na tela o que previam:

— Ele parte às 7h50, em subida exponencial, atingindo o asteróide catorze horas e cinco minutos mais tarde, às 21h55. Pretendemos afastá-lo num suave ângulo, apenas retardar seu curso, assim o asteróide se desencontrará da transmissão.

— E quanto à mensagem?

— Agimos conforme cálculos reformulados, Greta. Transmitiremos, através dos holo-defletores já instalados, um discurso de Werhel editado da gravação que Lintch fez. Também acrescentamos palavras colhidas de gravações feitas em conferências dele.

— Mas e o Gnogglog, não interferiu nas gravações?

— Podemos criar um fundo baseado nos momentos de calmaria. Quando ele e Lintch se falaram, nossa perturbadora música estava mais ou menos bem-comportada!

— E de quem foi essa brilhante idéia, Zelu?

— De nosso estrategista, claro.

Mas, às 7h39, desafortunadamente, o Gnogglog atacou com toda a fúria. O lançamento aconteceu meio às cegas, sem previsão exata se ele atingiria ou não o astro-ser no horário, e da maneira correta.

Foram três horas e meia de pânico, instrumentos enlouquecidos, todos os cálculos, todo o trabalho, inutilizados. Diante da mesa de reuniões, quando outra calmaria se fez, juntaram-se os seis companheiros.

— Acho que não temos mais nada a fazer aqui. Devíamos procurar nossas casas e esperar o que vier.

Com essas palavras, o general Naylim Koan deixou a sala vagarosamente.

— Devemos pelo menos tentar transmitir o discurso editado do professor Joensberg; pode diminuir os efeitos da mudança na história.

Jamiro obteve o sim de todos. Estabeleceram então hora, minuto e segundo exatos. Sabiam que sua atitude poderia ser a causa da significativa alteração no Gnogglog.

DESTA VEZ, A EQUIPE CIENTÍFICA CONCORDOU em se manifestar: em cadeia internacional, avisaram a todos da hecatombe iminente.

Decidiram, no entanto, transmitir as falas editadas de Werhel Joensberg, mas o que se viu e ouviu pelos milhões de holo-defletores foi outra coisa: primeiro, forte interferência bloqueou a transmissão. Então, surgiram imagens de Rosalba e Matheus, sentados numa deliciosa pracinha romana, tendo como fundo um deslumbrante pôr-do-sol. Uma voz, profunda e suave, firme mas com exata doçura, dessas que promovem carícias na alma da gente, disse:

— Estas imagens servirão de alerta às próximas gerações. Elas provocarão, juntamente com esta mensagem, o eco na precisa medida do que aconteceu e foi parcialmente neutralizado. Desfaz-se aqui esta teia, mas não considerem isso um prêmio. Tiveram apenas o que o espelho cósmico reflete: outra chance de existir, conviver, evoluir...

Esta obra foi composta por Eveline Teixeira em
Gionanni Book e impressa em papel off-set 75g/m²
da SAMAB pela Bartira Gráfica e Editora S/A para a
Sá Editora em outubro de 2005.